◎编著

年飞花令

岁岁年年人不同

同字飞花

北方文艺出版社

图书在版编目（CIP）数据

岁岁年年人不同 / 宋琬如编著 . -- 哈尔滨：北方
文艺出版社，2020.10

（少年飞花令）

ISBN 978-7-5317-4841-0

Ⅰ . ①岁… Ⅱ . ①宋… Ⅲ . ①古典诗歌－诗歌欣赏－
中国－少儿读物②词（文学）－诗歌欣赏－中国－古代－少
儿读物 Ⅳ . ① I207.2-49

中国版本图书馆 CIP 数据核字（2020）第 143882 号

岁岁年年人不同

SUISUINIANNIAN REN BUTONG

编　著／宋琬如

出 版 人／薛方闻　杨　晶
责任编辑／李正刚　　　　　　　　封面设计／周　正

出版发行／北方文艺出版社　　　　网　址／www.bfwy.com
邮　编／150008　　　　　　　　　经　销／新华书店
发行电话／（0451）86825533　　地　址／哈尔滨市南岗区宣庆小区 1 号楼

印　刷／艺堂印刷（天津）有限公司　开　本／680×915　1/16
字　数／90 千　　　　　　　　　　印　张／7
版　次／2020 年 10 月第 1 版　　　印　次／2020 年 10 月第 1 次印刷

书　号／ISBN 978-7-5317-4841-0　定　价／25.60 元

序言

彭敏

如果要用一个词来形容诗词对孩子的人生所起的作用，我认为是"点亮"。大文豪苏轼说得好："腹有诗书气自华。"读诗词和不读诗词，真的是两种完全不同的童年。美丽动人的诗词，会点亮一个孩子的人生，让他的灵魂像大海一样辽阔且丰盛。那些抑扬顿挫的韵律和百转千回的情思，会给孩子的想象力插上一对巨大的翅膀，让他们能够跨越浩瀚时空，去和李白、杜甫、苏轼这些伟大的灵魂执手言欢，促膝长谈。

《中国诗词大会》的热播，在全中国的孩子们当中掀起了一股读诗词、背诗词的热潮，飞花令游戏也风靡一时。常见的诗词选本都是按照诗人所处年代的时间顺序来编排，"少年飞花令"这套书却独辟蹊径，以飞花令为切入点，选取诗词中经常出现的常见字及组合进行编排，让孩子在阅读经典诗词的同时，还能遍览飞花令的诸多玩法，既提升了诗词储备量，也在无形中练就了飞花令的"绝技"。为了不让持续阅读的过程流于枯燥疲累，书中插入了许多趣味小故事，让诗人的形象变得更加丰富立体，不时还会有趣味诗词游戏，寓教于乐，劳逸结合，这样的阅读体验着实令人心旷神怡。

诗词是中国人的文化原乡，孩子们的精神沃土。愿天下喜爱诗词的孩子，都能从这套书里拥抱诗词的美好，感悟人生的真谛！

（彭敏，第五季《中国诗词大会》总冠军，中国作家协会《诗刊》社编辑部副主任）

春城飞花时，秋篱雨落后，携一缕诗香，在流年中漫步，便是人生最美的遇见。读诗，读史；读词，读人。展卷阅诗词，不知不觉，便已将世间风景阅遍。无论辗转多少岁月，诗词的纯净至美都足以令人陶醉感怀。花前对月，泪里梧桐，栏杆斜倚，柳下松风，咏不尽的风物，诉不尽的真情；云涛晓雾，暗香蛙鸣，沧海渺渺中，自见壮怀山水。

飞花令，古代文人墨客宴饮时常行的一种助酒雅令。古往今来，有不少流传千古的名章佳句都是在行飞花令时即兴创作而得。俯仰上下，想到那时的盛况，纵然不能目睹，也能想见时人的文采风流、才思机敏。

读诗览胜，对词怀古，人生最美的旅行，便是乘诗词之舟，跨越千年，与名人雅士来一场穿越时空的邂逅。为此，我们精心遴选了历代诗词大家的经典之作，以飞花令的形式，为青少年读者量身定制了这套"少年飞花令"。

我们徜徉在诗词胜境中，既能看春夏秋冬四时之绚烂、观风霜雨雪各自妙景，又能品梅兰竹菊无双淡雅、阅鱼虫鸟兽自然性灵，不知不觉，便已沉醉其中。诗词千般，卷帙浩繁，不一样的格律、不一样的感喟，述的却是同一段历史、同一种悠情。

成人读诗，读的是人生；少年读诗，读的则是趣味，是品格，是志向。万里长天共月明，飞花有时最情浓。飞花令里读诗词，浮沉过往，让少年感知历史，鉴阅人生，以古知今，培一种性情，养一段雅趣。

玩转飞花令

古代飞花令

　　飞花令其实是中国古代一种喝酒时用来罚酒助兴的酒令，"飞花"一词出自唐代诗人韩翃的《寒食》中的"春城无处不飞花"一句。该令属雅令。一般来说，行令时选用的诗句不仅必须含有相对应的行令字，而且对该行令字出现的位置同样有着严格的要求。行令时首选诗和词，也可用曲，但一般不超过七个字。例如：

<blockquote>
花开堪折直须折（"花"在第一字）
落花人独立（"花"在第二字）
感时花溅泪（"花"在第三字）
</blockquote>

以此类推。可背诵前人名句，也可即兴创作。当作不出、背不出诗或作错、背错时，则由酒令官命其喝酒，算是一个小小的惩罚。

　　当然，飞花令并不局限于"花"字，诸如"月""酒""江"等经常在古诗文中出现的字都可以成为飞花令的行令字。

同字飞花令

　　历经时代变迁，飞花令在岁月流转中，演绎出了不同的玩法，同字飞花令便是其中的一种。它要求行令时一句或相邻的两句诗词中含有两个相同的字，同字出现的位置没有要求。例如：

<blockquote>
青青子衿
客舍青青柳色新
尽荠麦青青
</blockquote>

以此类推。玩法较古代飞花令更加灵活，可以让孩子和大人一起参与，共同感受流传千古的诗词经典之美。让诗词在历史长河中熠熠生辉，影响一代又一代的中国人。

目录

注：★为初中必背古诗词

年年

代悲白头翁①

[唐] 刘希夷

洛阳城东桃李花，飞来飞去落谁家？

洛阳女儿惜颜色，行逢②落花长叹息。

今年落花颜色改，明年花开复谁在？

已见松柏摧③为薪④，更闻桑田变成海。

古人无复洛城东，今人还对落花风。

年年岁岁花相似，岁岁年年人不同。

寄言全盛红颜子⑤，应怜半死白头翁。

此翁白头真可怜，伊⑥昔红颜美少年。

公子王孙芳树下，清歌妙舞落花前。

光禄⑦池台文锦绣⑧，将军⑨楼阁画神仙。

一朝卧病无相识，三春行乐在谁边？

宛转蛾眉⑩能几时？须臾⑪鹤发⑫乱如丝。

但看古来歌舞地，惟有黄昏鸟雀悲。

🦋 注释

①白头翁：指老人。诗题又作《代白头吟》《白头吟》《白头翁咏》。②行逢：一作"坐见"。③摧：砍伐。④薪：柴火。⑤红颜子：指脸色红润的年轻人。⑥伊：他。⑦光禄：官名，即光禄勋，此处用东汉马援之子马防的典故。⑧文锦绣：指以锦绣装饰池台。⑨将军：指东汉贵戚梁冀，他曾做大将军。⑩宛转蛾眉：这里代指青春年华。⑪须臾（yú）：一会儿。⑫鹤发：白发。

🦋 译文

洛阳城东的桃花和李花，随风飞来飞去，不知落入了谁家？洛阳女子怜惜自己的容颜，独坐院中，看着零落的花朵长声叹息。今年花落而我也颜色衰减，明年花开时节又有谁能看到繁花似锦的景象？眼见原本挺拔的松柏被砍伐作为柴薪，听说旧日桑田会渐渐变成大海。古人已不在这洛阳城东，而今人却依旧对着落花伤怀。年年岁岁的繁花颇为相似，岁岁年年看花的人却不相同。转告那些正值青春年华的少年，应该怜悯这将死的白头老翁。现在他白发苍苍，真是可怜，但他从前也曾是红颜美少年。他也曾与公子王孙一起，在树下花前欣赏清歌妙舞，也曾像东汉光禄勋马防那样用锦绣装饰池台，像贵戚梁冀那样在府第楼阁上涂画神仙。然而他一朝卧病在床，便无人理睬，现在又有谁陪他三春行乐呢？年轻时的容颜又能维持多久？一转眼，已

是白发如丝蓬乱不堪。你看那古往今来的歌舞享乐之地，如今早已荒废，只剩下黄昏时的鸟雀在悲啼。

🦋 赏析

这是一首拟古乐府诗，从开篇到"岁岁年年人不同"，写洛阳女儿面对落花感伤不已，不由生出青春易逝、人生短暂、时移世易的慨叹。"寄言全盛红颜子，应怜半死白头翁"两句承上启下，使诗意从洛阳女儿对红颜易老的感伤，过渡到白头翁的无常人生。"此翁白头真可怜"以下十句则以白头翁昔日"公子王孙芳树下"、如今"一朝卧病无相识"的遭遇为警示，再次突出时间流逝、世事变迁、富贵如过眼云烟的意旨。而结语"但看古来歌舞地，惟有黄昏鸟雀悲"，提升了全诗的意境，使之从狭隘的红颜伤春、白头翁悲吟拓宽至古往今来人类的共同命运。全诗音律和谐优美，以重叠语句达成循环复沓的效果，一唱三叹，具有极强的艺术感染力。

◆ 诗词拾趣 ◆

从下面的词组中各选一个字，组成两句诗。

- 花好月圆　有理有据　重峦叠嶂　大开大合　风和日丽
- 物是人非　无中生有　再接再厉　少不更事　度日如年

句1

句2

春江花月夜①

[唐] 张若虚

春江潮水连海平，海上明月共潮生。

滟滟②随波千万里，何处春江无月明。

江流宛转绕芳甸，月照花林皆似霰③。

空里流霜④不觉飞，汀上白沙看不见。

江天一色无纤尘，皎皎空中孤月轮。

江畔何人初见月？江月何年初照人？

人生代代无穷已，江月年年只相似。

不知江月待何人，但见长江送流水。

白云一片去悠悠，青枫浦⑤上不胜愁。

谁家今夜扁舟子⑥？何处相思明月楼⑦？

可怜楼上月徘徊⑧，应照离人妆镜台。

玉户帘中卷不去，捣衣砧⑨上拂还来。

此时相望不相闻，愿逐月华流照君。

鸿雁⑩长飞光不度⑪，鱼龙潜跃⑫水成文。

昨夜闲潭梦落花，可怜春半不还家。

江水流春去欲尽，江潭落月复西斜。

斜月沉沉藏海雾，碣石⑬潇湘无限路。

不知乘月几人归，落月摇情满江树。

注释

①春江花月夜：乐府《清商曲辞·吴声歌曲》旧题，要求在诗中写到春、江、花、月、夜几个方面的题材。②滟（yàn）滟：波光闪烁的样子。③霰（xiàn）：细密的雪珠。④空里流霜：古人以为霜像雪一样从空中落下，所以常说"飞霜"，这里是将月色比喻成霜。⑤青枫浦：在今湖南浏阳境内，此处泛指分别的地点。⑥扁（piān）舟子：飘零江湖的人。⑦明月楼：明月照耀下的楼房，此处指思妇的住处。⑧月徘徊：指月影移动，以此反衬思妇的难眠不安。⑨捣衣砧（zhēn）：捣衣石。⑩鸿雁：指信使。⑪光不度：鸿雁善于远飞仍然不能逾越月光。⑫鱼龙潜跃：古人有鱼雁传书之说，这里是说鱼儿也无法传递对游子的思念之情。⑬碣（jié）石：山名，在渤海边上。

译文

春天的江潮水与大海连成了一片，明月从海上升起时好像是与潮水一起涌出的。月光、波光荡漾千万里，哪里的春江没有明亮的月光。江水曲折地绕着花草丰茂的原野流淌，月光照耀下林中的花儿好像晶莹的雪珠在闪烁。月色似霜，所以霜飞也无从觉察，洲上的白沙和月色融在一起，看不分明。江水和天空浑然一色，不见一点微小的灰尘，明亮的天空中只有孤月一轮。江边上是谁最初看见了月亮，江上的月亮又是哪一年最初照耀着人们？人生一代一代地无穷无尽，而江上的月亮望上去一年年总是相似。不知江上的月亮在等待着什么人，只见长江水不断地流淌着。游子犹如一片白云悠悠然离去，只留下青枫浦上的思妇正不胜忧愁。谁家的游子今夜乘着小舟漂泊？什么地方有人在明月照耀的楼上相思？可怜月光在楼上徘徊，应是照着离人的梳妆镜台。月光照进深闺中，那门帘也卷不走，照在思妇的捣衣砧上，拂去又回来。这时互相望着月亮却难通音信，我希望自己随着月光流淌到你的身边。鸿雁不停地飞翔却飞不出无边的月光，鱼龙在水中跳跃激起阵阵波纹。昨天夜里梦见花落在幽静的水潭，可怜春天已过半自己却还不能回家。江水带着春光将要流尽，江潭上的月亮又要西落。斜月慢慢下沉藏进海雾里，碣石与潇湘的离人相距遥远。不知有几人能随着月光回家，唯有那西落的月亮激荡着情思，洒满了江边的树林。

赏 析

全诗紧扣春、江、花、月、夜五个字来写，重点落在"月"字之上。从月开始，以月作结，将画意、诗情与对宇宙奥秘和人生哲理的体察融为一体，营造出情景交融、玲珑透彻的诗境。

在诗中，"江"和"月"这两个意象被反复拓展，不断深化，并通过与春、夜、花、人的巧妙结合，构成了一幅色美情浓而迷离跌宕的春江夜月图。诗中贯穿着一种强烈的宇宙意识，从时间和空间两方面来拓展境界。时间上追溯宇宙的起源，从而引发对人生有限而宇宙无穷的感慨；空间上利用想象幻化了诗人与佳人之间的物理距离，希望自己能随着月光回到佳人身旁，极大地丰富了诗歌的思想，拓展了情感表现的空间。

古从军行

[唐] 李颀

白日登山望烽火①，黄昏饮马②傍交河③。

行人④刁斗风沙暗，公主琵琶幽怨多。

野云万里无城郭，雨雪纷纷连大漠。

胡雁哀鸣夜夜飞，胡儿眼泪双双落。

闻道玉门犹被遮，应将性命逐轻车。

年年战骨埋荒外，空见蒲桃⑤入汉家。

注释

①烽（fēng）火：古代边境报警的信号。②饮（yìn）马：给马喂水。③交河：在唐陇右道西部，安西都护府西州境内，故城在今新疆吐鲁番西面。④行人：出征的战士。⑤蒲桃：今作"葡萄"。

译文

士卒们白天登山观望报警的烽火，黄昏时到交河边饮马。风沙弥漫，天色昏暗，他们白天用刁斗煮饭，夜里用来打更，如同汉代细君公主的琵琶声充满幽怨。万里旷野荒凉得看不见城郭，雨雪纷纷笼罩着无边的沙漠。胡雁哀鸣着夜夜从空中飞过，胡人士兵的泪水也自脸庞滑落。听说玉门关的道路依然关闭阻断，士卒们只有追随将军拼命奔波。一年年不知有多少战死将士的尸骨葬于荒野，换来的只是西域葡萄送入汉地。

赏析

　　全诗描写了塞外的从军生活，白日登山，观望有无烽火来巡视边警；黄昏饮马，落日萧条而近交河，士兵一整天的紧张状态淋漓尽致地展现出来。第三、四句，诗人刻画了塞外夜晚的凄冷与肃穆，同时以"公主琵琶"来暗示出征将士的思乡之情。接下来，诗人着意渲染了塞外边陲的环境：野云万里，这里何等空旷，加以雨雪纷纷，荒沙大漠，其凄冷枯寂更是显而易见，景中含情，情随景深。

　　最后四句，越收越紧，前文渲染思乡之情，后文则重在渲染归乡不得的事实。玉门被阻，已是归乡无望，置于死地的征戍人，只能背水一战；而年年战斗，白骨埋在荒外，在征人付出生命代价之后，换来的只是蒲桃（葡萄）进入汉地而已。

　　全诗意味深远，讽嘲尖刻犀利，尤其末尾一句，更具画龙点睛之妙。

红线毯

[唐] 白居易

红线毯，择茧缲丝①清水煮，拣丝练线红蓝染。

染为红线红于蓝，织作披香殿②上毯。

披香殿广十丈余，红线织成可殿铺。

彩丝茸茸香拂拂，线软花虚不胜③物。

美人踏上歌舞来，罗袜绣鞋随步没。

太原毯涩毳缕④硬，蜀都褥薄锦花冷。

不如此毯温且柔，年年十月来宣州。

宣城太守加样织，自谓为臣能竭力。

百夫同担进宫中，线厚丝多卷不得。

宣城太守知不知？一丈毯，千两丝！

地不知寒人要暖，少夺人衣作地衣。

注释

①缲（sāo）丝：将蚕茧抽出蚕丝的一种工艺。②披香殿：汉成帝时赵飞燕献舞之殿，后借指歌舞之地。③不胜（shēng）：承受不起。④毳（cuì）缕：指毯上丝线。

译文

红线毯，是经过采桑养蚕、择茧缲丝、拣丝练线、红蓝花染制等工序织就的。费尽心血染成的红线比红蓝花还要红，织成的毛毯却被铺在披香殿里当地毯。广阔的披香殿有十丈多长，这些红线毯正好将宫殿的地面铺满。红线毯图案美丽，散发着芳香，松软的质地简直受不了任何东西来压。美人们却在上面踩踏歌舞，她们的罗袜绣鞋陷没于毯内。太原出产的毛毯质地生硬，四川织就的锦花被又太薄，都不如这种红线毯柔软暖和，于是宣州年年十月都上贡线毯。宣州太守为表自己的尽心竭力，令织工翻新花样编织。红线毯线厚丝多不好卷送，要千百个劳力抬入宫中。宣州太守知不知道，织一丈毯，要耗费千两丝！地不知寒冷，劳苦人民却靠这生存，不要再夺走百姓织衣的丝去织地毯了。

赏析

诗歌前五句道出红线毯的制作过程，点明这样制作繁复、外观华美的丝织物却是披香殿上的地毯，而披香殿乃是帝王宴饮作乐之处，这自然而然地引出下面的描写。

接下来四句紧接上文：披香殿宽十丈有余，可见宫殿极其宽敞广大，而红线毯能将整个宫殿的地面都铺满，则所用之红线毯，所费之织工，尽在不言中了。随后，诗人又用红线毯之上美人歌舞，用太原与蜀地的褥毯作为衬托，一步一步渲染出此毯的"温且柔"。

"宣城太守加样织"四句中，诗人进一步追究红线毯的来历，而读者从中看到的不仅有织红线毯所耗费的巨大人力，还能看到太守媚上丑恶的嘴脸。

最后，诗人忍不住心中的愤懑之气，径直诘问。诗人明面上责问的是宣城太守，实际谴责的却是沉迷享乐的帝王。

南湖①早春②

[唐] 白居易

风回③云断④雨初晴，返照湖边暖复明。
乱点碎红⑤山杏发，平铺新绿水蘋生。
翅低白雁飞仍重，舌涩⑥黄鹂语未成。
不道⑦江南春不好，年年衰病减心情。

注释

①南湖：彭蠡湖，也就是鄱阳湖。②早春：春天刚来的时候。
③风回：春风吹又来。④云断：风把云吹散了。⑤碎红：杏花花
苞刚露出星星点点的红色。⑥舌涩（sè）：指说话打结。⑦不道：
不是说。

译文

春风回暖，吹散了云雾，骤雨刚过，天气已放晴，阳光照在湖上，
有一种温暖又明快的感觉。山上的杏花绽放，到处碎红点点；水中的绿
蘋新生，整齐地铺满了水面。白雁虽因雨水未干而翅膀沉重，不得不
在低空振翅飞行；黄鹂的舌头也生涩，不听使唤。不是说江南的春色不
美好，而是我在一年一年地衰老，我的兴致也没有之前高了。

赏析

诗歌前六句以明快的笔触绘出了一幅雨
后初晴、南湖暖照的明丽图景。"风回云
断"是早春之景的质朴描绘，"暖复明"
则是"雨初晴"的直观感受。"乱点"形象地
描绘出了杏花点点，恣肆而绽的天然雅趣；
"平铺"与"乱点"相对照，一个"平"字
既写出了水波之平静、湖光之辽远，又与
"铺"字相连，生动地刻画了草新绿、沿
湖铺展的景致。另外，"飞仍重"之"重"
既写出了雨后白雁羽毛微湿、振翅难飞的
自然情态，亦写出了诗人心中之"重"，为
尾联之叹做铺垫。"语未成"之"未"与

"重"亦有异曲同工之妙。

在尾联，诗人笔锋转折：不是说江南的春色不好，而是我年老多病，没了赏春的心情。不仅点明了诗人心中巨大的隐痛，亦道出了国势衰微、匹夫无力的忧国忧民之情。

春宫怨

〔唐〕杜荀鹤

早被婵娟①误，欲妆临镜慵。

承恩不在貌，教妾若为容？

风暖鸟声碎，日高花影重。

年年越溪女，相忆采芙蓉②。

注释

①婵娟（chán juān）：形态、容貌美好。②芙蓉：指荷花，古诗云："涉江采芙蓉，兰泽多芳草。"

译文

当年被美好的容貌所误，进入宫中，因为不受宠，我也懒得对着镜子整理妆容。得到帝王的恩宠并不在容貌，我又为了什么要精心梳妆打扮呢？春风和暖，鸟啼声声，阳光高照，花影重重。我却常忆起从前，年年在越溪边，与女伴一起采摘芙蓉的情景。

首句写宫女因为容颜姣好，而被选入宫中，一个"误"字生动地传递出宫女内心的懊悔。故而"欲妆临镜慵"，女为悦己者容，既无"悦己者"，便也懒得妆容。为何会这样呢？"承恩不在貌"——得到帝王的恩宠并不在于容貌，而需钩心斗角、邀宠献媚地去"争取"。既然如此，我盛装打扮还有何用？用反问句，写出宫女心中深深的怨恨。接着，诗人笔锋一转，描写春景，这似乎与宫女怨愤的心境不搭，殊不知，这大好春光正反衬她内心的无聊寂寞，而她怀念起往日泛舟采芙蓉的逍遥自在，也就顺理成章了。

揣摩整首诗的诗意，不难看出，诗人以宫女自况，宫女之间的钩心斗角、邀宠献媚，正好暗喻文人官宦之间的明争暗斗、尔虞我诈，宦海沉浮、朝夕起落，倒不如在民间生活来得逍遥自在。而宫女的被冷落，亦是暗指当朝对政治人才的戕害。

诗词拾趣

从下面的词组中各选一个字，组成两句诗。

- 绯红　颜色　未来　老迈　恩情　先后　断绝
- 倾斜　倚靠　熏香　牢笼　端坐　到来　明亮

句1
句2

御街行①·秋日怀旧

[宋] 范仲淹

纷纷坠叶飘香砌。夜寂静，寒声碎。真珠帘卷玉楼空，天淡银河垂地。年年今夜，月华如练②，长是人千里。

愁肠已断无由醉。酒未到，先成泪。残灯明灭枕头敧③，谙④尽孤眠滋味。都来此事，眉间心上，无计相回避。

注释

①御街行：一名《孤雁儿》，双调七十八字。②练：洁白的绸子。③敧（qī）：倾斜。④谙（ān）：熟识。

译文

枯叶纷纷坠落在铺满落花的台阶上，寂静寒冷的夜晚，只听见风吹落叶的细碎声音。玉楼一片空寂，卷起珠帘，帘外天色清明，银河斜垂而下与地面相接。年年今夜，都能见到素洁的明月，人却远隔千里。

愁肠早已寸断，又如何还能沉醉，酒还未入口，就先变成了泪水。那将尽的灯烛忽明忽暗，我斜靠着枕头，尝尽了孤独的滋味。这相思之愁，积聚在眉间、心上，令人无法回避。

赏析

这首词为怀人之作。上阕前三句所写的是秋声，虽未言秋，而由

"坠叶"则可知秋意。秋夜寂静,因此秋声细碎而凄清。写秋声着一"寒"字,表明心境与夜景相同。"真珠帘卷玉楼空,天淡银河垂地",此二句是历来评论家极为推崇的,虽为赋景之语,而情已跃然纸上。"年年今夜"三句,承上文之清刚,尤其顿挫有力。

下阕前三句写樽前垂泪之愁绪:原本借酒消愁而愁肠已断,酒也无从发挥效用,未入口中,先成眼泪。此等曲折婉转之笔触,更能见愁之难堪,情之悲切。"残灯明灭"二句写愁态,室外明月朗朗,室中残灯摇摇,两相比照,一味凄凉,愁深难寐,倚枕沉思。最后,全词以愁容结尾,怀旧思人,愁不在心头萦绕,便向眉间凝聚,将一个"愁"字写得生动至极。

醉蓬莱 · 重九上君猷①

[宋]苏轼

余谪居黄,三见重九,每岁与太守徐君猷会于栖霞②。今年公将去,乞郡湖南。念此惘然,故作此词。

笑劳生一梦,羁旅三年,又还重九。华发萧萧,对荒园搔首。赖有多情,好饮无事,似古人贤守。岁岁登高,年年落帽③,物华依旧。

此会应须烂醉,仍把紫菊茱萸,细看重嗅。摇落霜风,有手栽双柳。来岁今朝,为我西顾④,酹⑤羽觞⑥江口。会与州人,饮公遗爱,一江醇酎⑦。

注释

①君猷（yóu）：徐大受，时任黄州知州。②栖霞：栖霞楼，位于湖北黄冈赤鼻矶上。③落帽：代指宴饮。④西顾：徐君猷赴任的湖南位于黄州西面，所以有此说法。⑤酹（lèi）：喝酒之前把酒洒在水上或地上，用于祝福或者祭神。⑥羽觞（shāng）：一种酒器，似鸟雀状，左右形如两翼。⑦醇酎（chún zhòu）：酿造多次的老酒，味道醇厚。

译文

我谪居在黄州，三次过重九节，每年都与太守徐君猷在栖霞楼聚会。今年他将离开，到湖南任知州。这实在令我感到恍惚，因此写下这首词。

自笑劳碌的一生恍如一梦，流落他乡三年，现在又到重九节。头发已是稀疏花白，面对荒废的园子也只能无可奈何地搔头。幸好遇见多情的徐公，喜好饮酒又无事相缠，好似古代无为而治的贤明太守。岁岁登高，年年宴饮，那美好的景致与事物依旧不变。

这次宴会本应畅快饮酒，照常佩戴紫菊茱萸，还要仔细欣赏、反复闻嗅。草木凋零，秋风为霜，其中有我们亲手栽种的两棵柳树。明年的今天，请为我向西眺望，在江口洒下美酒。我将与黄州的人共同享受徐公你留下的恩惠，如饮下一江的醇厚美酒。

赏析

北宋元丰二年（1079），苏轼被贬黄州，与黄州太守徐君猷一见如故。此后，每年重阳，徐君猷都会在栖霞楼宴请苏轼，这首词便是北宋元丰五年（1082），徐君猷即将离任黄州，赴湘前，苏轼即席赋赠徐君猷的。

上阕以"笑"字起，以"一梦"为凭，叹"劳生"，悯"羁旅"，及至"华发萧萧，对荒园搔首"则更添了几分凄凉。然而，从"赖有多情"句起，词人的情感便有了变化：幸好我遇到了"多情""好饮""似古人贤首"的徐君猷。所以，即便人在"羁旅"，也不见凄凉，反而是"物华依旧"，一片欢声。

下阕中，词人以酒寄情，直抒心声。酒逢知己千杯少，又逢重九节，自应"烂醉"，且要"细看重嗅"那紫菊与茱萸。而"霜风"为凭，"双柳"为证，你我友谊长远真挚。"来岁今朝"六句，则顺脉而下，送上祝福：盼你我情谊，能如饮"一江醇酎"之纯酿，源远流长，历久弥香。

"尸骨"未寒

苏轼被贬黄州后，心情难免有些抑郁。这一日，苏轼的好友佛印僧来拜访他，两人一起泛舟长江，谈古论今。正说得热闹的时候，苏轼突然指了指江岸边，闭口不语。佛印顺着他手指的方向望去，看到一只瘦骨嶙峋的黄狗正在啃食骨头。略一思索后，佛印随手将手里题有苏轼诗句的扇子扔进了水中。之后，两人你看看我，我看看你，同时放声大笑。

随行的人一脸迷茫，不知道两人在干什么。苏轼对他们解释，两人是在对对联。苏轼的上联是：狗啃河上（和尚）骨；佛印的下联是：水流东坡尸（诗）。全都是一语双关，相声相形，随行的人恍然大悟。此后不久，"尸骨"未寒的典故就流传了出来，至今仍令人忍俊不禁。

州桥①

[宋] 范成大

州桥南北是天街②，父老年年等驾回。
忍泪失声询使者，几时真有六军③来？

注释

①州桥：正名为天汉桥，位于今河南开封，横跨汴河之上。②天街：原意是京城的街道，这里指州桥的南北街，北宋皇帝的车驾曾由此经过。③六军：一军在古代指一万两千五百人，天子设六军。这里借指南宋军队。

译文

州桥南北边的街道，是当年皇帝的车驾行驶的御道，自北宋沦亡后，父老乡亲们就年年在这里等待圣驾归来。今日终于等到使者，不由强忍泪水失声询问：何时才能真的等到朝廷军队到来呢？

赏析

南宋乾道六年（1170），范成大奉旨以南宋信使的身份出使金国，重过中原旧土，一路伤怀，《州桥》是他路经北宋故都汴京（今河南开封）时所作。

诗的首句，落笔平白，却又深蕴伤痛。天汉桥横跨汴河，桥南、桥北，都曾是天子车马行驶的御道，但自北宋灭亡后，便再也不见圣驾。"父老年年等驾回"道出了中原遗民心中无尽的期盼。而当父老乡亲们终于等来了故国的使者，便迫不及待地跑去询问。"几时来"问得苍凉;"真有"则带着几分失望乃至绝望之后的怀疑与悲切。

　　诗至此处戛然收尾,后来怎么样了?诗人没有说,但不难猜测,诗人多半是无言以对的。因为他此次北上,是来与金国求和的。南宋王室始终偏安,从无北上之心。面对着一群等待了数年、一直期盼着王师的父老乡亲,诗人又要以何言作答呢?

　　诗人以赋笔为诗,字字传神,表达如此悲慨深刻的情感,且还能做到言尽意不尽,可见其炉火纯青的文字功底。

◆ 诗词拾趣 ◆

在下面空白处填上合适的词语,补全诗句。

1. ☐☐ 个星天外,两三点 ☐☐ 前。

2. 众里寻他千百度,蓦然回首,那人却在灯火 ☐☐ 处。

3. 醉里挑灯 ☐☐☐ , ☐☐☐ 吹角连营。

4. 茅檐 ☐☐ ,溪上 ☐☐ 草。

丑奴儿·年年索尽梅花笑

[宋] 辛弃疾

年年索尽梅花笑，疏影①黄昏。疏影黄昏。香满东风月一痕。

清诗冷落无人寄，雪艳冰魂。雪艳冰魂。浮玉溪头烟树村。

注释

①疏影：指梅枝的形态。

译文

一年年岁月减损了梅花的芳容，而今只余黄昏中稀疏的花影。黄昏中稀疏的花影啊，仍在一抹月色里，随春风散发着梅花的清香。

梅花与这清雅的诗文一样，备受冷落，无人可寄，却依旧坚守着冰雪般的灵魂。冰雪般的灵魂啊，在那漂浮着如玉花瓣的溪头，在那绿树笼烟的山村。

赏析

该词是辛弃疾后期落职归隐时所作。因为长期不得重用，辛弃疾身心备受打击，故而郁郁寡欢，心内结满愁怨，这期间他的作品一改昔日豪放气势，变得细腻温婉、抑郁沉重起来。

词中"年年索尽梅花笑，疏影黄昏"两句，看似写景，实则透露出词人内心的寥落无奈，大有空负年华之感叹。而下阕的"清诗冷落无人寄，雪艳冰魂"更直指内心："我的豪情壮志无人能识，但我仍要保持孤傲清高。"这是词人自我信念的宣言。这种悲壮之中包含无尽愁绪，但又与其"少年不识愁滋味"的愁怨截然不同。因此，与其说这是一首怨词，倒不如将其看作词人明志言心的宣泄之作。

高阳台①·除夜②

[宋]韩疁③

　　频听银签④，重燃绛蜡⑤，年华衮衮惊心。饯旧迎新，能消几刻光阴。老来可惯通宵饮？待不眠、还怕寒侵。掩清尊⑥，多谢梅花，伴我微吟。

　　邻娃已试春妆了，更蜂腰簌翠，燕股横金。勾引东风，也知芳思难禁。朱颜那有年年好，逞艳游、赢取如今。恣⑦登临：残雪楼台，迟日⑧园林。

注释

　　①高阳台：词牌名，又名《庆春宫》。②除夜：除夕之夜。③韩疁（liú）：南宋词人，生卒年不详。④银签：古代一种计时的工具，即更漏里的标签。⑤绛（jiàng）蜡：红色的蜡烛。⑥清尊：指酒器。⑦恣（zì）：随意。⑧迟日：春日，语出《诗经·豳风·七月》："春日迟迟。"

译文

　　我听着更漏上银签频频掉落的声音，重新点燃一支红烛，忽觉年华滚滚如流水，不由地黯然心惊。辞旧迎新之际，并不需要几刻光阴，无奈而今年老体衰，哪里还能通宵畅饮？想要守夜等候新年，又怕寒气逼人。我思来想去，终究放下了酒杯，与梅花相伴，一起低吟守岁。

　　邻家少女已穿上了明日春游的新装，鬓发上那蜂腰形的翡翠晶莹剔透，燕股形的宝钗上嵌着黄金。春风引发了人们的春情，也令人芳情难禁。红颜哪能年年青春美好，应该趁着如今的好光阴尽情游乐。且去恣意地登临眺望，观赏那残雪未消的楼台，斜阳辉映的美丽园林。

赏析

　　该词上阕开宗明义，点明了"除夜"这一主题。古时，以更漏计时，每隔一刻钟，更漏中的银签就会掉落一次。一个"频"字既明写了时间流逝、守岁已久，又暗指夜色已深。"重"字巧妙地写出了除夕夜，红烛常燃的喜乐场面。然词人却笔锋一转，以"年华衮衮惊心"，道尽了日暮残年、韶华不负之悲。之后"饯旧迎新"五句则进一步将这种怅然凄悲的情感做了铺展。阕末，词人以一句"多谢梅花，伴我微吟"驱散阴霾，长夜漫漫，还有梅花伴我轻吟浅唱，我并不孤独啊！

　　下阕写了邻家正当妙龄的女子在巧配衣饰、试穿春装的情景。以邻之乐衬我之孤，以邻之韶华比我之暮年，孤凄之意更深，但本该孤独伤怀的词人却发出了"赢取如今"的慨叹。一个"赢"，一个"恣"，将词人人老心未老、惜取时光、崇慕美好的心态表达得淋漓尽致。

匆匆

秋思

[唐] 张籍

洛阳城里见秋风，欲作家书意万重①。
复恐匆匆说不尽，行人②临发又开封。

注 释

①意万重：形容心思很多。②行人：送信的人。

译 文

　　洛阳城里已吹起了秋风，想写封家书记下心底的万千思绪。又担心匆匆写下的不能把想说的说完全，在送信之人出发前不禁再次打开信封查看。

赏 析

　　此诗为借景抒情之作，亦为思乡之作。张籍所在时代为中唐兴盛之期，绝句皆富华丽、雄浑之风，而这首诗却明显区别于当时的风格，情景交融、曲折却富于回味。

诗中从欲写家书又害怕表述不清的心理开始，将一腔赤子之情表达得酣畅淋漓，特别是诗中"行人临发又开封"的犹豫不决，将思乡者言有尽而意无穷的内心情感描写了出来，数语寥寥却意味不尽，寄深沉于浅显之中。

浪淘沙①·把酒祝东风

[宋] 欧阳修

把酒祝东风，且共从容。垂杨紫陌②洛城东。总是当时携手处，游遍芳丛③。

聚散苦匆匆，此恨无穷。今年花胜去年红。可惜明年花更好，知与谁同？

🦋 注 释

①浪淘沙：原为唐代教坊曲名。本词为北宋明道元年（1032）春日，欧阳修与友人在洛阳城东旧地同游有感而作。②紫陌：紫路，此指洛阳的道路。③芳丛：丛生的繁花。

🦋 译 文

端起酒杯向春风祈祷，请和我一样留恋不舍。洛阳城东郊外的道路旁垂柳依依，是从前我们携手同游的地方，我们游遍了姹紫嫣红的花丛。

欢聚与别离总匆匆，心中的遗憾却没有尽头。今年的花比去年开得红艳，明年的花想必会更好，可惜不知那时会和谁一起观赏？

🦋 赏析

　　词的上阕叙事，展现了词人在春日里和友人在洛阳游玩的情景。词人以"东风""垂杨""芳丛"描绘了花红柳绿、惠风和畅的春天，在这个适合游赏的好时节，与好友在一起，难怪词人"祝东风"能够"从容"一些，好与他们一同尽情赏玩。

　　词的下阕转入抒情，惜花怀友，弥漫着浓重的感伤。词人以问句结尾，将离别的伤感和再会的期待表现得淋漓尽致。

　　整首词表现了弥漫在胜景欢会中的伤别愁绪。上阕中的"当时携手处"已暗含离别之意，下阕则直陈对聚散匆匆的无穷之恨，过去、当下、未来汇聚笔端，词人看到的花更盛，流露出的情就更浓。

画荻教子

　　北宋大文豪欧阳修四岁丧父，家境贫寒，眼看着就到了读书启蒙的年纪，家里却没有余钱供他读书，为此，母亲郑氏十分着急。

　　这一日，郑氏到池塘边浣洗衣裳，看着水边随风晃动的无数荻草，突然灵机一动，心想，用荻草当笔，在地上写写画画，不也挺好的吗？于是，她折了荻草秆当笔，在地上铺一层细沙当纸，一笔一画地教欧阳修认字。欧阳修学得很认真，每天都拿着荻草勤奋苦练。

　　后来，欧阳修名闻天下，郑氏"画荻教子"的故事也被传为佳话。

玉楼春①·东风本是开花信

[宋] 欧阳修

东风本是开花信。信至花时风更紧。吹开吹谢苦匆匆，春意到头无处问。

把酒临风千万恨。欲扫残红②犹未忍。夜来风雨转离披③，满眼凄凉愁不尽。

注释

①玉楼春：词牌名，又作《春晓曲》《惜春容》等。②残红：指落花。③离披：亦作"离骰"，形容雨纷纷下落的样子。

译文

春风吹来，本应带来鲜花盛开的音信，没想到一转眼风就把花吹落了。花开又谢，何苦如此匆匆，春意还未细品已无处追寻。

临风饮酒，心头涌起无限愁恨，想将落花扫去却又于心不忍。夜渐渐深了，风雨越来越大，满眼的凄凉、满心的忧愁真是说不尽。

赏析

词人在风雨交加的晚春夜晚，触景伤情，写下了这篇婉转伤情的《玉楼春》。明为惜春短、伤春逝，实则借春叹己，抒发内心的忧愁苦闷。

词的上阕表达对春光短暂的感叹，巧在从东风着笔，将春花的绽放与凋零都归结为东风的主观意识，因此词人怨其"吹开吹谢苦匆匆"。其实，东风只是自然界的一种现象，春来春去都与其无关，词人的怨怪虽在道理之外，却也在情理之中，表现了惜春而"无计留春住"的无奈。

下阕承接上阕，伤春之情更深了一层。词人面对眼前落花遍地的景象，在风中饮酒消愁，却更添"千万恨""愁不尽"。这种极端表达本不讨喜，可是词人自然地将其嵌入词中，丝毫不显突兀，反而给予读者情感上的强烈冲击。

词作感情真挚，诗意幽深，语言浑成无矫饰，读来令人如出己口，心有戚戚焉。

水龙吟·次韵林圣予惜春

［宋］晁补之

问春何苦匆匆，带风伴雨如驰骤。幽葩①细萼，小园低槛，壅培②未就。吹尽繁红，占春长久，不如垂柳。算春常不老，人愁春老，愁只是、人间有。

春恨十常八九。忍轻辜、芳醪③经口。那知自是，桃花结子，不因春瘦。世上功名，老来风味，春归时候。纵樽前痛饮，狂歌似旧，情难依旧。

注释

①葩（pā）：花。②壅（yōng）培：在植物根部施肥、培土。③芳醪（láo）：美酒。

译文

试问春天，何苦这样行色匆匆，夹风带雨如同快马奔驰急逝。花朵清幽，绿萼纤细，小园里低矮的栏杆处，还没来得及壅土培苗，那繁茂的花朵已被风雨吹落，它们在春天停留的时间，还不如垂柳长久。

细思起来，其实春光常在并不衰减，只是人总爱为春色消逝而忧愁，而这份愁，只有人间才有。

人生中春恨占有十之八九，怎忍心轻易辜负时光，不如饮下芳醇的美酒。哪知原来桃花为了结果才凋落，并非是为了春去而消瘦。世上功名未成，却已知老来的滋味，已经到了春归时候。纵然是痛饮美酒，依旧像过去那样狂歌，心情也难再如旧。

赏析

这是首伤春之作。上阕以问发端，"带风""伴雨"丰富了春色内容，"幽葩"三句，更加渲染惜春之真情。"吹尽繁红"三句，以惜花而写惜春。接下来的四句，又笔锋一转，说春本不老，春不知愁，只是人因担心春老而发愁。下阕是说"春恨"。将"功名"和"老来""春恨"比照，点明春恨总是与功名的失落及青春的逝去相关联，抒情融以说理，理性多于感情。

花犯①·小石梅花

[宋] 周邦彦

粉墙低，梅花照眼，依然旧风味。露痕轻缀。疑净洗铅华②，无限佳丽。去年胜赏曾孤倚。冰盘同宴喜③。更可惜，雪中高树，香篝④熏素被。

今年对花最匆匆，相逢似有恨，依依愁悴。吟望久，青苔上、旋看飞坠。相将见、脆圆⑤荐酒，人正在、空江烟浪里。但梦想、一枝潇洒，黄昏斜照水⑥。

注 释

①花犯：又名《绣鸾凤花犯》，始作于周邦彦。②铅华：古代妇女用的黛粉等化妆品。③宴喜：节日的宴会。④香篝（gōu）：熏笼。⑤脆圆：青梅，一作脆丸。⑥黄昏斜照水：源自宋林逋《咏梅》诗："疏影横斜水清浅，暗香浮动月黄昏。"

译 文

低矮的粉墙处，有一树梅花引人注目，依然是旧时风情。花瓣上轻缀着露水，仿佛佳人洗净了脂粉，更显天生丽质。去年梅花开放时，我曾独自倚栏观赏梅的风姿。我也曾在酒宴上，愉快地品尝青梅。令人叹息的是，那时梅树被雪覆盖，犹如披着一层洁白的素被。

今年赏花是如此匆忙，花好似也含有离恨，显得忧愁憔悴。凝神相望，欲吟诗赞咏，却见残花坠落在青苔上。想来再到青梅进酒时，离人正漂泊在一江烟浪里。从此只能在梦中见到那一枝潇洒的梅花，于黄昏夕照中斜映于水面。

赏析

这首词吟咏梅花，因描写细致、情景相生、结构精妙而为人称道。上阕起笔"粉墙低，梅花照眼"七字笼罩全篇，为全篇奠定了基调，而下文对昔日的回忆，对来日的想象都由此发出。"露痕轻缀"三句，再写梅姿，在抚今中带有追昔的意味，从而将接下来的几句引向对过去的追忆。"更可惜"几句是对去年之花的回味与留恋，"香篝熏素被"之句极言梅花之香，造语新奇。下阕由追忆过去再次回到现在。"今年对花最匆匆"三句直笔抒愁，"吟望久"至"空江烟浪里"，词情摇荡，这几句将人与花的相恋情况表现得异常深切动人。结尾豁然梦想，眼前仍是一枝梅花斜立于黄昏水面。词人把自我的身世之感融入对梅花的悬想之中，借花抒情，句句写花，笔笔喻己。

诗词拾趣

在下面空白处填上合适的词语，补全诗句。

1. 梅须逊雪 ☐☐ 白，雪却输梅 ☐☐ 香。

2. 墙角 ☐☐ 梅，凌寒 ☐☐ 开。

3. 云中谁寄锦书来，☐ 字回时，月满西楼。

4. 青 ☐ 不传云外信，丁香空结雨中愁。

春游

［宋］陆游

沈家园①里花如锦，半是当年识放翁②。
也信美人终作土，不堪幽梦太匆匆。

📖 注释

①沈家园：又名"沈氏园"，南宋时一位沈姓富商的私家园
林。②放翁：陆游的号。

📖 译文

沈园里繁花似锦，这里的花多半是认识我的。
我也知道美人终会故去，只是难以承受这场美
梦来去太匆忙。

📖 赏析

陆游一生中写下了多首以沈园为题
悼念唐琬的诗篇，晚年的他每逢春季必
往沈园一游，后来还搬到附近居住，以便
凭吊。沈园也见证了陆游与表妹唐琬那段感
人的爱情悲剧。

这首诗是八十四岁的陆游不顾年迈体弱，坚
持重游沈园时所作。时隔五十余年，如今的沈园依然繁花
似锦，春意盎然，这园林美景似乎还是记忆中的模样，佳人的音容笑

貌也如在眼前，然而凝神细看，终究是佳人已逝、物是人非。陆游在诗中，以"花如锦"与"终作土"，"当年"与"幽梦"前后相应，予人以一切恍然如梦、往事只成追忆的唏嘘慨叹。末句"不堪幽梦太匆匆"，更是令人对他心头的那份沉痛感同身受。

冬夜读书有感

〔宋〕陆游

落叶残芜①又一冬，老人光景易匆匆。
不论病惰耕桑业，但恨贫分学问功。
马昔腾骧②离冀北③，鹤今憔悴返辽东④。
六经⑤未与秦灰⑥冷，尚付余年断简⑦中。

❧ 注释

①芜：形容草长得杂乱。②腾骧（xiāng）：飞腾，常用来比喻地位上升，仕途得意。③冀北：指河北北部地区。④辽东：指

辽河以东地区。⑤六经：指《诗》《书》《礼》《易》《乐》《春秋》六部儒家经典。⑥秦灰：指秦始皇焚书坑儒时所烧书的灰烬。⑦断简：指残缺不全的书。

译文

又是一年落叶残芜，老年时光实在太匆匆。病情耽误了耕作也就罢了，体弱家贫还影响治学。从前，我如同冀北的良马曾飞腾得意，而今却如孤鹤返回辽东。幸好六经并未像秦灰那样冷却，我还可将余生用来整理断简残篇。

赏析

这是陆游晚年时期的作品。该诗抒写了他冬夜读书时的感慨，风格沉郁悲凉，联想到陆游满腔的报国热情和一生际遇，愈发令人叹惋不已。

开篇的"落叶残芜"四字，就渲染出了一种凄凉衰败的氛围，与次句的"老人光景"相映衬，更添一份英雄迟暮却壮志未酬的感伤。而在这荒芜一片的冬季，对于心力皆衰退的"老人"来说，"病"与"贫"无疑是雪上加霜，它们影响到耕作也就罢了，毕竟诗人志不在此，但耽误到"学问功"，使得诗人的满腔抱负不能施展，可想而知诗人是多么痛苦、愤恨。尤其是他回想起往昔"腾骧"的荣光，再对比如今的"憔悴"，郁愤之情不由喷薄而出。

然而，骄傲的诗人终不愿自己被老病打败，所以他及时收起种种感伤，在诗的最后用"尚付余年断简中"来勉励自己。

诗词拾趣

从下面的词组中各选一个字，组成两句诗。

- 山河　重复　河水　复习　疑惑　无边　路面
- 杨柳　暗示　杏花　明显　又名　统一　村庄

句1

句2

水调歌头·我饮不须劝

［宋］辛弃疾

淳熙丁酉①，自江陵移帅隆兴，到官之三月被召，司马监②、赵卿、王漕③饯别。司马赋《水调歌头》，席间次韵。时王公明④枢密⑤薨⑥，坐客终夕为兴门户之叹，故前章及之。

我饮不须劝，正怕酒尊空。别离亦复何恨？此别恨匆匆。头上貂蝉⑦贵客，花外麒麟高冢，人世竟谁雄？一笑出门去，千里落花风。

孙刘辈，能使我，不为公。余发种种如是，此事付渠侬⑧。但觉平生湖海，除了醉吟风月，此外百无功。毫发皆帝力，更乞鉴湖东。

注释

①淳熙丁酉：南宋淳熙四年（1177）。②司马监：司马汉章，当时担任江西京西湖北总领，所以称之为大监或监。③王漕：王希吕，当时担任转运副使，负责漕运等工作。④王公明：王炎，字公明。⑤枢密：枢密使。⑥薨（hōng）：古时候诸侯或有爵位的大官去世。⑦貂蝉：貂蝉冠，亲王和三公在参加大朝或者侍奉天子祭祀的时候穿戴。⑧渠侬（nóng）：别人。

译文

淳熙四年，我从江陵府来到隆兴府任职，到任三月后被召为大理寺卿事，司马监、赵卿、王漕为我设宴饯行。司马汉章赋《水调歌头》，席间其他人依次押韵作和章。当时枢密使王公明去世，在座的人为朝中权贵各立门户、互相倾轧而叹息，故而在词的上阕提及此事。

我饮酒无须劝杯，反而担心酒杯空了。要说为何因别离而遗憾，只因这次的分别是如此匆忙。宴席中的美女、贵宾，花苑外的高门坟冢，人世间到底谁能称英雄？仰天大笑出门去，且伴着这千里路的落花春风。

孙权、刘备这样的人物，才能指使我做事，而不是阁下。我发出这种种感言，这些交心于你知道。只是感叹我一生遍游湖海，除了醉吟些风花雪月，竟是一事无成。自己的一丝一毫都是皇帝赐予，只希望我在湖北的作为能使君王明鉴。

赏析

上阕开头，词人以饯别之景、离别之情切入，一句"不须劝"既引出了"别恨匆匆"，更表达了"正怕酒尊空"的愁绪难抒。之后，词人笔锋转折，"头上"三句对执着于党争的朝堂权贵进行了无情的嘲讽，纵便生前富贵、死后荣华，亦难称豪雄。嘲讽之余，词人笔锋再次转折，化用李白"仰天大笑出门去，我辈岂是蓬蒿人"之典，抒发了自身不流于俗之志、潇洒旷达之情。

下阕的"孙刘辈"三句，词人以辛毗自喻，表明自己不趋炎附势的态度。明志之后，词人以略显萧瑟的笔墨写了自身的"种种"，一句"此外百无功"道出了自己频遭排挤的悲慨与不平。而词尾"更乞鉴湖东"一句，貌似是在乞骸骨，愿退出朝堂、归隐山林，实际上却是一种反讽，勃郁之气跃然纸上。

下列诗句中，哪一句与"除了醉吟风月，此外百无功"意思相近？

- □ A. 一事无成老已成，不堪岁月又峥嵘。
- □ B. 昨夜西风凋碧树，独上高楼，望尽天涯路。
- □ C. 僵卧孤村不自哀，尚思为国戍轮台。
- □ D. 少小离家老大回，乡音无改鬓毛衰。

诗词拾趣

琵琶仙^①·双桨来时

[宋] 姜夔

《吴都赋》云："户藏烟浦，家具画船。"唯吴兴为然。春游之盛，西湖未能过也。己酉^②岁，予与萧时父载酒南郭，感遇成歌。

双桨来时，有人似、旧曲桃根桃叶^③。歌扇轻约^④飞花，蛾眉正奇绝。春渐远，汀洲自绿，更添了几声啼鴂^⑤。十里扬州^⑥，三生杜牧^⑦，前事休说。

又还是、宫烛分烟^⑧，奈愁里匆匆换时节。都把一襟芳思，与空阶榆荚。千万缕、藏鸦细柳，为玉尊、起舞回雪。想见西出阳关^⑨，故人初别。

注 释

①琵琶仙：此为姜夔自己创制的词调，是为怀念合肥一位善弹琵琶的女子所作，所以叫《琵琶仙》。②己酉：南宋淳熙十六年（1189）。③桃根桃叶：晋代书法家王献之的妾叫桃叶，其妹名桃根，献之曾作歌赠别。宋词中即常用桃根桃叶来代指歌女姊妹。④约：即接。⑤鴂（jué）：杜鹃。⑥十里扬州：杜牧诗云"春风十里扬州路，卷上珠帘总不如"。⑦三生杜牧：黄庭坚诗云"春风十里珠帘卷，仿佛三生杜牧之"。⑧宫烛分烟：唐代韩翃诗云"日暮汉宫传蜡烛，轻烟散入五侯家"，此言到了寒食节。⑨西出阳关：王维诗云"劝君更尽一杯酒，西出阳关无故人"。

译文

《吴都赋》说："户藏烟浦，家具画船。"只有吴兴才有这样的景致。吴兴春游时的盛景，西湖也无法相比。己酉这一年，我和萧时父于城南处饮酒，有感而发，写下此词。

那只画船荡着双桨划来时，船上有一人酷似我曾在坊曲相识的情人。她正轻摇团扇隔开迎面飘来的杨花，她的容颜美艳绝伦。奈何春光渐渐远去，汀洲已是芳草翠绿，还有几声杜鹃啼鸣。遥想十里扬州路上同游，我如杜牧般许下三生情意，唉，往事已矣，莫再追忆。

又是一年清明时节，皇宫里大概又在以新火赐给近臣，时光如此匆匆，怎不令人感到无奈与哀愁。春又归去，人却难归，满怀幽思恰如那榆荚落在空阶。眼前的千万缕纤细柳丝，让人回想起当年离别酒宴上柳絮如雪飞舞的情景，也是那时，我西出阳关，与她分别。

赏析

此词写词人在游玩之时的感遇之情，但开端即破空而来，笔势陡健，此中之"似"字，可见他错认划桨而来的人为其以前的旧游欢好，只此一字，见人之喜，误认之悲，俱表露无遗。而他是怎么看到、认错的呢？是在那位女子用歌扇去接飞花时看到了她的容貌，由这位歌女的美艳绝伦也可以想见他的情人是多么美。于是在杜鹃的叫声中，他想到了"十里扬州"，是旧游的欢畅，而"三生杜牧"，是旧游的空幻。下阕的开头先说了时节，一个"又"字，便已见得许多感慨。于是，回忆与现实、春景与哀愁，在词人笔下交织在一起，惝恍迷离。

水调歌头·垂虹桥亭①词

[宋]崔敦礼

倚棹②太湖畔，踏月上垂虹。银涛万顷无际，渺渺③欲浮空。为问瀛洲④何在，我欲骑鲸归去，挥手谢⑤尘笼⑥。未得世缘了，佳处且从容。

饮湖光，披晓月，抹春风。平生豪气安用，江海兴无穷。身在冰壶⑦千里，独倚朱栏一啸，惊起睡中龙。此乐岂多得，归去莫匆匆。

注释

①垂虹桥亭：垂虹桥位于今江苏苏州吴江区，桥形若半月，长若垂虹，桥上有亭。②倚棹（zhào）：指泛舟。倚，依靠着。棹，划船的工具，形状似桨。③渺渺：形容悠远。④瀛（yíng）洲：传说中的仙山。⑤谢：推辞，谢绝。⑥尘笼：指红尘俗世的羁绊。⑦冰壶：这里指太湖。

译文

我在太湖边泛舟，踏着水中的弯月走上垂虹桥。眼前银白色的波涛万里，无边无际，好似要浮到空中。想问瀛洲在哪里，我欲骑着鲸鱼前去，挥手告别红尘牢笼。只是俗世缘分未了，那便罢了，且从容在这美景处流连吧。

饮一壶湖光，披一身月光，吹一抹春风。平生所有的豪气有何用，不如兴起这江湖波涛。置身于冰壶般的太湖，独自倚靠在朱红栏杆上长啸，啸声惊醒沉睡中的巨龙。此间乐趣不可多得，何必急着归去呢！

赏析

这首词与苏轼的名篇《水调歌头·明月几时有》相较，同样是将婉约与豪放糅合在一起，不同的是，苏词多了一分怅惘，而此词更具豪情。

前四句正面写景，诗人太湖泛舟、垂虹桥形若弯月、湖水渺渺无边、波涛在月光下呈现银色似要翻滚着升上半空……种种美景，令词人思绪翻腾，自然而然升起别红尘、往仙山的念头。然而这念头只是一转而过，词人自知仙山难求，尘世情缘也难舍难了，但他并未因此沮丧，而是"佳处且从容"。这"佳处"不仅是指眼前美景，也是指红尘仍然值得留恋。

词的下阕全围绕"从容"展开，"饮""披""抹"三个动词构思精妙，浪漫中不乏洒脱，而那兴起时的"一啸"，更是豪气万千，壮志凌云！

整首词用婉转清丽的语言抒写豪迈激昂的志趣，读来一气呵成，又起伏不断，意味无穷。

沉沉

宿湖中

［唐］白居易

水天向晚^①碧沉沉，树影霞光重叠深。

浸月冷波千顷练，苞霜^②新橘万株金。

幸无案牍^③何妨醉，纵有笙歌不废吟^④。

十只画船何处宿，洞庭山脚太湖心。

🦋 **注释**

①向晚：傍晚时分。②苞（bāo）霜：包裹着霜。文中指打霜之后。③案牍（dú）：公文。④废吟：放弃吟诗之事。

🦋 **译文**

　　傍晚时分的湖水与天空的倒影，泛着沉沉碧绿；霞光笼罩的树影重叠，朦胧而森然。待到明月升起，波光映着月光，犹如千顷素绢；而树上的红橘在月光下就像染了一层金色。泛舟湖上，庆幸没有案牍劳神，所以醉了也无妨，且聆听笙歌，吟诗作乐，享受时光。要问这欢宴的画船停在何处？就在洞庭山脚下的太湖中心。

赏析

作这首诗时，白居易任苏州刺史。苏州乃江南温柔乡，诗人为风气所染，不免也会沉浸在笙歌燕舞之中。

首联和颔联都是写景。首联写向晚之景，颔联写月出之景，其透露出的是欢乐时光的飞驰。第二、四句中都写到了树，然而情态却大不相同：前者是黄昏时分的树，影叠霞光是光影交替的朦胧之美；而后者是月光下的橘树，饱和的色彩透露出的是热闹繁华之美。

刘禹锡在《陋室铭》中写道："无丝竹之乱耳，无案牍之劳形。"诗人在颈联却反其意而行，无案牍之劳形，但需吟诗与丝竹相伴相映，可见诗人沉醉在欢乐之中，春风得意之感跃然纸上。

最后，诗人以"十只画船"写出宴乐场面之宏大，以"何处宿""太湖心"写出宴乐之尽兴忘归，颇有"夜未央"的狂欢意味。

诗词拾趣

在下面空白处填上合适的词语，补全诗句。

1. ☐☐乌啼霜满天，江枫渔火☐☐眠。

2. 孤山寺北☐☐西，水面初平☐☐低。

3. 疏影横斜水☐☐，☐☐浮动月黄昏。

4. 碧玉妆成一树☐，☐☐☐垂下绿丝绦。

寒闺①怨

［唐］白居易

寒月②沉沉洞房静，真珠③帘外梧桐影。
秋霜欲下手先知，灯底裁缝④剪刀冷。

注释

①寒闺：指孤寂凄凉的闺房。②寒月：清冷的月亮。
③真珠：珍珠。④裁缝：这里为动词，裁剪缝补。

译文

寒夜沉沉，月光洒向寂静的深闺，珍珠帘外，梧桐树的
树影斑驳交错。秋霜将落，她的素手已预先感知，因为
孤灯下的她正握着冰冷的剪刀，为征夫缝制冬衣。

赏析

诗歌前两句紧扣诗题，写思妇独居洞房的孤
寂和清冷。在这里，洞房一语双关，既可视作新婚的
洞房，也可理解成深闺。而"梧桐"则象征着相守相
望的恩爱夫妻，思妇望见梧桐树影相依相偎，顿觉孤
独与寂寞是如此难挨。

后两句通过思妇的细微感受来写情。"欲"字可
见霜还未下，但思妇的手却"先知"，不禁让读者好
奇：为何手能预知霜降？原来思妇为给丈夫寄寒衣而于灯底裁剪缝补
衣裳之时，手握剪刀，冷铁冰手，故能先知。手握剪刀尚冰

凉,更何况在外连年奔走的征夫?

这首诗作于唐长庆二年(822)前后,结合其战乱背景,可以看出它不仅表达了思妇对征夫的惦念,也含蓄地反映了人们对战乱征戍的怨恨。

宿灵岩寺①上院

［唐］白居易

高高白月上青林,客去僧归独夜深。
荤血②屏除③唯对酒,歌钟④放散只留琴。
更无俗物当人眼,但有泉声洗我心。
最爱晓亭东望好,太湖⑤烟水绿沉沉。

注释

①灵岩寺:佛教名寺,位于江苏苏州西南郊木渎镇灵岩山上。②荤(hūn)血:这里指可以食用的禽兽。③屏除:排除。④歌钟:歌舞、钟鼓。⑤太湖:古称震泽、笠泽,位于江苏南部。

译文

明月高高地升上了青幽的山林,夜深时客人散去,我独自回到房中。撤去荤腥只留下一杯清酒,散去歌舞钟鼓只留下一张古琴。再没有俗物阻碍我的视野,只有泉水的声音涤荡我的心灵。最爱在清晨临亭向东眺望,但见那太湖碧水如烟、缥缈空灵。

这是一首七言律诗，描写了灵岩寺的自然环
境以及诗人在寺院生活的一幕，营造出一种空灵清
静的意境。

诗人在开篇以白月、青林简单勾勒出灵岩
寺的景致，给人以清幽宁静的感觉。而在
这宁静的夜晚、幽静的寺院，在"客去僧
归""荤血屏除""歌钟放散"后，诗人独自品
酒、奏琴、聆听隐隐的泉水声，只觉诸般俗世杂
念皆散去，自己的身心完全融入了这夜、这大自然、
这世间万物之中。结语呼应开头，以拂晓时分于亭中东
望太湖，再写灵岩寺的环境清幽，并用"烟水绿沉沉"
留下无限余韵。

聚蚊谣

[唐] 刘禹锡

沉沉①夏夜兰堂②开，飞蚊伺③暗声如雷。

嘈然④欻⑤起初骇听，殷殷⑥若自南山⑦来。

喧腾⑧鼓舞喜昏黑，昧者⑨不分聪者惑。

露华⑩滴沥月上天，利觜⑪迎人看不得。

我躯七尺尔如芒⑫，我孤尔众能我伤。

天生有时不可遏，为尔设幄⑬潜匿床⑭。

清商⑮一来秋日晓，羞⑯尔微形饲丹鸟⑰。

注释

①沉沉：昏黑的样子。②兰堂：厅堂的美称。一作"闲堂"。
③伺：等待，趁着。④嘈然：形容声音杂乱。⑤欻（xū）：忽然。
⑥殷（yǐn）殷：形容声音很大。⑦南山：即终南山。⑧喧腾：喧闹
沸腾。⑨昧者：糊涂人。⑩露华：露水。⑪利觜（zī）：尖利的嘴。
⑫芒：草木茎叶、果实上的小刺。⑬幄：帐幕，指蚊帐。⑭匡床：
安适的床，一说方正的床。⑮清商：指秋风。⑯羞：进献食物。
⑰丹鸟：萤火虫的别名。

译文

夏夜沉沉，厅堂的门窗大开，飞蚊趁着黑暗飞进来，声音如同雷
鸣。那声音嘈嘈然，起初听了吃惊，像是隆隆雷声从南山传来。蚊子
喜欢在暗夜里鼓翅飞舞，糊涂人分不清，聪明人也感到迷惑。在露水
下滴、月上中天的夏夜，它用尖嘴叮人，实在难以察觉。虽然我身高
七尺，蚊子小如芒刺，但是我寡不敌众才被你所伤。自然规律如此我
难以阻挡，为了避开你我只好躲进蚊帐。等到秋风吹来，在秋天的早
晨，你这小东西就会被丹鸟吃光！

赏析

唐宪宗元和年间（806—820），刘禹锡因王叔文政治集团失败而受
到牵连，被贬谪到了朗州（治所在今湖南常德），其间写下了这首《聚
蚊谣》，对那些恶言攻击的腐朽官僚进行了讽刺。

从开篇到"利觜迎人看不得"，诗人用夸张的笔法形象地描写了夏
夜蚊虫的特性，它们"伺暗"而来，聚集在一起却能发出如雷的声音，
使得"昧者不分聪者惑"，并突然"利觜迎人"，使人防不胜防。而这
些也正是蚊虫所代表的小人的嘴脸，他们偷偷摸摸、暗箭伤人，不少

人被他们迷惑、鼓动，使正直的人受到迫害。

然而，尽管人们都讨厌蚊虫，诗人更是憎恶这些小人，却是寡不敌众，只能无奈地"设幄潜匿床"，以暂避锋芒，期望着夏季逝去、秋季到来时蚊虫能消亡。

诗人在结尾两句，预言了蚊虫必将被"丹鸟"吃光的结局，表达出邪不胜正的坚定信念。

月

〔唐〕杜牧

三十六宫秋夜深，昭阳①歌断信沉沉。
唯应独伴陈皇后②，照见长门③望幸心。

注释

①昭阳：即昭阳殿，汉代宫殿名。②陈皇后：汉武帝的皇后陈阿娇。③长门：即长门宫，陈皇后被废后迁居于此。南朝萧统所编《文选》中有《长门赋》，传说是陈皇后花费千金求司马相如所作。此后长门宫成为冷宫的代名词。

译文

秋夜幽深，三十六宫静默，而昭阳殿里美人的歌声婉转，阻断了音信。只有一轮明月陪伴着孤独的陈皇后，照着长门宫里等待帝王恩宠的她。

赏析

杜牧在这首诗中展现了后宫生活的一角，并借此讽刺君王的薄情和穷奢极欲，表达了对后宫女子的同情。

诗歌语言看似浅易直白，细品却处处可见诗人之用心。首句中，"三十六宫"点出君王的生活奢侈，而这种奢侈是建立在劳民伤财上的；"深"字是夜深、夜凉，渲染冷清的环境氛围，也是表示宫殿深深、君王远，昭阳殿外的宫中女子独守寂寞。第二句里的"断"字，可以理解成那歌声阻断了音信，也可以想象为歌声忽然停顿，因为长门宫的信来了，然而君王却没有理会，终是"信沉沉"。

第三、四句暗用了陈皇后千金买赋的典故。陈皇后是汉武帝的表妹，曾荣宠一时，流传有"金屋藏娇"的千古佳话。被废后，她独居长门宫，据说曾向司马相如千金买赋，期望能唤回君王的心。诗人以陈皇后作为诗中的女主人公，可谓极具代表性。

菩萨蛮^①·沉沉朱户横金锁

[南唐] 冯延巳

沉沉朱户横金锁，纱窗月影随花过。烛泪欲阑干^②，落梅生晚寒。

宝钗^③横翠凤^④，千里香屏梦。云雨已荒凉，江南春草长。

注释

①菩萨蛮：词牌名，又名《子夜歌》《重叠金》等。②阑干：纵横交错。③宝钗：古代女子的发簪。④翠凤：翠羽做成的发饰。

译文

夜色沉沉，朱红大门上横着金锁，月影、花影映在纱窗上。烛泪犹如伊人纵横交错的泪水，梅花凋落，夜晚寒凉。

发髻上的翠凤宝钗歪斜了，伊人的梦魂穿过屏风飘到千里外。云情雨意已成荒凉的记忆，江南的春草年年疯长。

赏析

该词勾勒了一幅佳人于深夜"独坐独行还独卧"的春闺图，风格绮丽，韵味绵长。

词作开篇便已奠定寂寞的基调：夜色沉沉，朱门下锁，佳人独守空闺，只有月影、花影隔着纱窗相伴。一个"过"字描摹出了月影和花影缓缓移动的情景，同时也表明时间在缓缓地流逝，而佳人仍痴望着纱窗凝神细想。

"烛泪欲阑干"一句也语含双意，既是说蜡烛将燃尽、夜色更深了，又象征着佳人的内心极度痛苦，因此泪水纵横交错。

接着，词人叙写佳人终于入梦，梦中魂飞千里与所爱之人相聚，其间欢喜自不必多言。在这里，"香"点出梦境之美好，后句的"云雨"则暗示情人间的柔情蜜意、恩爱缠绵。无奈好梦难留，倏忽梦醒，不论是短暂的梦境或短暂的现实中的柔情，都只换了江南的春草一年年生长，一年年荒凉。

春水笙寒

有一次，冯延巳在园中散步，见到风吹池水，兴致勃发，写了一首词《谒金门》，词中有："风乍起，吹皱一池春水，闲引鸳鸯香径里。"南唐元宗李璟读了之后，颇感有趣。第二日，遇到冯延巳时，李璟笑着问他："吹皱一池春水，干卿何事？"言外之意是，你这么爱伤春悲秋，是不是闲得没事干？冯延巳听了，不以为忤，反而半开玩笑半认真地说："比不上陛下的'小楼吹彻玉笙寒'。"

"小楼吹彻玉笙寒"是李璟的成名作《摊破浣溪沙·菡萏香销翠叶残》里的名句，说的是在小楼上吹笙吹了一夜。冯延巳这么回答，既是在调侃，也是在赞叹李璟有情趣。

雨霖铃①·寒蝉②凄切

[宋] 柳永

寒蝉凄切。对长亭③晚，骤雨初歇。都门④帐饮无绪⑤，留恋处、兰舟⑥催发。执手相看泪眼，竟无语凝噎⑦。念去去⑧、千里烟波，暮霭⑨沉沉楚天⑩阔。

多情自古伤离别。更那堪、冷落清秋节。今宵酒醒何处？杨柳岸、晓风残月。此去经年，应是良辰好景虚设。便纵有、千种风情⑪，更与何人说？

🦋 注释

①雨霖铃：词牌名。原为唐教坊曲，相传是唐玄宗为悼念杨贵妃所作。②寒蝉：秋天的蝉。天冷时发出一两声凄凉的叫声。③长亭：秦汉时每隔十里建一亭称长亭，供行人休憩之用。④都门：指当时首都汴京的城门。⑤帐饮无绪：古人在城外设帐，宴饮送别。⑥兰舟：船的美称。⑦凝噎（yē）：因流泪而哽咽无语。⑧去去：重叠使用，极言离去行程之远。⑨暮霭（ǎi）：傍晚的云雾。⑩楚天：南方的天空。⑪风情：指男女之情。

🦋 译文

秋蝉的叫声凄凉而急促，傍晚时于长亭对望，骤雨刚停。在京都郊外设帐钱行，却没有畅饮的心情，这里还在依依不舍，船上的人就已催着赶紧出发。握着对方的手含泪对视，一时竟哽咽得无从说起。想到这一去，千里烟波相隔，暮色沉沉，天空深厚广阔，不知尽头。

多情的人自古总是为离别而感伤，更何况是在这凄凉的清秋时节！谁知我今夜酒醒后会身在何处？怕是只有杨柳岸边，独对寒冷的晨风和黎明的残月。这一去长年离别，想来良辰美景都将如同虚设。纵然心中有千万般情意，又能向谁诉说呢？

赏析

这首词描写了词人离开京都，与情人话别的情景。

上阕写送别的情形。"寒蝉凄切"给全诗配上了凄切的声音背景。"对长亭晚，骤雨初歇"是事件发生的时间和地点。"都门帐饮无绪"以下，由景转入描写离别的场面。离别的酒从来都是最苦的，哪里还会有饮酒的情绪呢？离别的客船终究要出发了，催着客人快快上船，心头似乎还有千言万语，但是执手相看时，竟哽咽得无法诉说。"念去去"三句感情深挚，"去去"二字相叠，极言行程之远，加上"千里烟波"阻隔，已是让人的思魂难至。

下阕重点写想象中别后的情景。首句点明自古离别最苦，而接近重阳节的离别则使人倍添伤感。"今宵酒醒何处？杨柳岸、晓风残月"，以设问的形式，抒写酒醒后的心情。"此去经年"四句更是将想象与现实结合在一起，写透情牵万里、佳人不在的惆怅和苦闷。

下面诗句中，哪一句与送别的主题无关？

- □ A. 桃花潭水深千尺，不及汪伦送我情。
- □ B. 孤帆远影碧空尽，唯见长江天际流。
- □ C. 谁言寸草心，报得三春晖。
- □ D. 莫愁前路无知己，天下谁人不识君。

诗词拾趣

灼灼[①]

[宋] 秦观

锦城[②]春暖花欲飞，灼灼当庭舞柘枝[③]。

相公[④]上客[⑤]河东秀，自言那得傍人知。

妾愿身为梁上燕，朝朝暮暮长相见。

云收月堕[⑥]海沉沉，泪满红绡[⑦]寄肠断。

注 释

①灼灼：耀眼、明亮的样子。②锦城：
代指四川成都。③柘（zhè）枝：唐时从西域传入中原
的一种舞蹈。④相公：古时对成年男子的称呼。
⑤上客：指尊贵的宾客。⑥堕（duò）：坠落。
⑦红绡：红色的薄绸。

译 文

暖春里的锦城百花盛开，跳着柘枝舞的伊
人，是那样明艳动人。座上有位宾客是河东俊秀，他自言
怀才不遇不为世人所知。伊人却说愿像那房梁间的燕子，日日夜夜与
君相伴。无奈终要分别，一如那云散月落，唯有伊人泪湿绢帕，愁肠
寸断。

赏 析

这首诗以舞伎的口吻，倾诉了一场美丽而忧愁的艳遇。

该诗首句为舞伎的出场渲染气氛，春暖花开，春光明媚。而舞伎一出现就抓住了男主人公以及读者的眼球，她翩翩然跳着柘枝舞，十分耀眼动人。"花欲飞"实则是暗写伊人起舞时的飞扬姿态，"灼灼"二字更是点出伊人之舞美、人美。

接下来的两句为过渡句，诗人连用"相公""上客""河东秀"三个对男子的称呼，表明在舞伎眼里，男主人公身份尊贵、才华出色，但最终让她交托芳心的是那些"自言"，是她所感到的灵魂上的交流。因此，她许下了"妾愿身为梁上燕，朝朝暮暮长相见"的爱情誓言。

结尾两句却急转而下，这一场相遇的结局是男子音讯全无，舞伎泪洒肠断。全诗短短五十六字，言已尽而情未了，余韵悠长。

诗词拾趣

根据下面提供的字，请写出两句词。

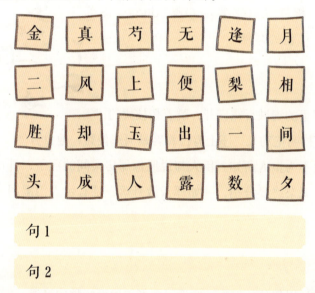

金	真	芍	无	逢	月
二	风	上	便	梨	相
胜	却	玉	出	一	间
头	成	人	露	数	夕

句1

句2

浣溪沙^①·小院闲窗^②春色深

[宋] 李清照

小院闲窗春色深。重帘未卷影沉沉。倚楼无语理瑶琴。

远岫^③出云催薄暮，细风吹雨弄轻阴。梨花欲谢恐难禁。

注释

①浣溪沙：词牌名，又称《浣溪纱》《小庭花》。②闲窗：雕有花饰的窗子。③远岫（xiù）：远处的山峦。

译文

小院里、花窗外，春色已是深浓。层层帘幕没有卷起，闺房中一片幽暗。独自倚着栏杆，愁情无人可说，只能将心事付与瑶琴。

远山处飘起云雾，暮色缓缓降临。微风吹雨，也吹动了暗淡的轻云。院子里的梨花即将凋谢，这花谢、春归以及我的伤情，恐怕都难以阻止。

赏析

这首词所展现的是一位少女浓浓的深闺幽怨，春天来了又要离开，而少女层层厚重的窗帘却迟迟未能卷起，美好的春之气息完全无法送达少女的世界。她守在寂寥幽深的闺房里，将一腔寂寞赋予瑶琴。

外面的春景与室内的闺怨相映衬，传达给我们的不只是闺门深似海的沉重，更有少女无声的呐喊。只不过这呐喊全被"小院""闲窗""重帘"所替代，从内到外散发着欲语还休的凄然之味。尤其在词的最后一句"梨花欲谢恐难禁"，梨花之娇弱，又怎堪风雨之摧残，哪怕是细雨斜风。这是少女的感伤之思，也是词人的身世之叹。

词人以细雨、微风、春花、淡云等物对少女的心境进行抒发，言语清丽，不着一字却将一位少女婉转多变又难以明示的内心进行了生动的表现。

己亥杂诗①（其二百二十五）

[清] 龚自珍

银烛②秋堂③独听心，隔帘谁报雨沉沉④。
明朝⑤不许沿溪赏，已没溪桥一尺深。

注释

①己亥杂诗：组诗共有三百一十五首。己亥，指清道光十九年（1839）。②银烛：明烛。③秋堂：秋日的厅堂，常用来代指书生学习的地方。④沉沉：形容雨很大的样子。⑤明朝（zhāo）：明天。

译文

我独坐厅堂里就着明亮的烛光静读，忽有仆人隔帘来报外面大雨沉沉。想来明日无法沿着溪边赏景了，因为溪上的小桥定已被上涨的溪水所淹没。

赏析

《己亥杂诗》是一组自叙诗，其题材包括平生出处、著述交游等，极为广泛，这首即兴小诗是其中第二百二十五首。时年，诗人四十八岁，厌恶仕途的他辞官离京，返回故乡杭州闲居。

全诗四句以清淡的笔触描绘出日常生活中的情景：秋夜的书房，诗人于案前就着摇曳的烛光静读，气氛宁静而闲适。忽然，前来禀报的仆人打破了这份宁静，给整个画面带来了动感。而他所报的大雨沉沉，也使得诗人的心绪不能平静，他不由得联想到明日的沿溪游赏大概是难以成行了。

因仆人的禀告而自然而然地产生联想，可见诗人平日里常常去溪边漫步赏景，从侧面反映了他当时的心境和生活状态。

菩萨蛮①·黄鹤楼②

毛泽东

茫茫③九派④流中国，沉沉一线⑤穿南北。烟雨莽苍苍，龟蛇⑥锁大江。

黄鹤知何去？剩有游人处。把酒酹⑦滔滔，心潮逐浪高！

注释

①菩萨蛮：词牌名，又名《子夜歌》《重叠金》等。②黄鹤楼：湖北武汉的标志性建筑，与晴川阁、古琴台并称武汉三大名胜。唐代崔颢作有名句"黄鹤一去不复返"，作者借此题抒发了不同的感慨。③茫茫：形容广大。④九派：派，水的支流。传说长江中游一带有九条支流。⑤一线：指当时长江以南的粤汉铁路和以北的京汉铁路。⑥龟蛇：指龟山和蛇山，蛇山在武昌城西长江边，龟山在它的对岸。⑦酹 (lèi)：古代用酒浇在地上祭奠鬼神的一种习俗。

译文

多少大江大河贯穿中国境内，一条铁路连接南北。烟雨迷蒙，龟山与蛇山紧锁着长江。

可知昔日的黄鹤飞去了何处？而今这里只剩下游人来往。我将酒洒向滔滔江水，澎湃的心潮高过那长江的浪涛。

赏析

　　此词作于大革命失败的前夕，身为革命者的毛泽东心怀对革命前途的忧虑，登黄鹤楼时触景生情，遂将涌动的心潮化作了这首苍凉悲壮的词。

　　上阕四句写景，境界开阔，雄浑深沉，"茫茫""沉沉""苍苍"三个叠词从音律和视觉上均给人既高远宏伟又沉郁苍茫的感觉。

　　下阕四句抒情，作者怀古思今，心潮起伏，前两句写鹤去楼空、游人迷惘，反映了作者当时不知革命前路如何的焦虑心情；后两句则慷慨高歌，表达了誓要拼尽全力，将革命进行到底的坚定信念。

诗词拾趣

请根据下面提供的字，写出两句诗。

花	故	山	情	楼	黄
东	日	烟	人	入	星
辞	州	晴	烂	三	远
下	俏	鹤	扬	西	月

句1

句2

画中诗，诗里画

诗中有画，画里藏诗。考眼力的时候到了，你能根据提示的关键字，写出藏在图画里面的三联古诗词吗？

拟古九首（其四）

[东晋] 陶渊明

迢迢①百尺楼，分明望四荒，
暮作归云宅，朝为飞鸟堂。
山河满目中，平原独茫茫。
古时功名士②，慷慨③争此场④。
一旦百岁后⑤，相与还北邙⑥。
松柏为人伐，高坟互低昂⑦。
颓基⑧无遗主⑨，游魂在何方？
荣华诚足贵，亦复可怜伤！

🦋注 释

①迢（tiáo）迢：本义形容遥远，这里形容楼高。②功名士：
追逐功名利禄之人。③慷慨：情绪激昂。④此场：指前文的山河、
平原。⑤百岁后：指去世以后。⑥北邙（máng）：即洛阳城北的北

邙山，东汉以来的君臣多葬于此。这里泛指墓地。⑦互低昂：形容坟堆高低不齐。⑧颓（tuí）基：倒塌了的墓基。⑨遗主：指死者的后代。

译文

登上高高的楼阁，可看见四方的荒远之地。夜间归云聚栖在此，白日飞鸟把这里当作厅堂。远处的山河平原尽在眼前，是那样辽阔深远。古时追求功名的人，都在那里慷慨争逐。可一旦离世后，最后不还是要葬在北邙。墓边的松柏被人砍伐，坟墓高高低低一片凄凉。无主的墓基已经倒塌，坟中的魂魄飘去了何方？生前的荣华也许可贵，但死后的凄凉实在让人悲伤！

赏析

借登高望远而言志抒怀，是古诗词中常用的一种写作手法，目的是拓宽视野和思想的境界。此诗以登高开篇，令全诗境界更显高远，感慨更为深切。

"迢迢百尺楼"等六句，作为后文抒情的环境铺垫，营造出一种辽阔苍凉的氛围。此楼高到甚至可远望到四周最荒远的地方，高到云彩以此为家；但此楼也已荒废，因为只有云鸟在此栖聚，不见人影。而诗人这样写是含有深意的，从楼高正可见他的思想之远，从楼废则可见他的志向不同于世俗，因此倍觉孤独。

从"古时功名士"起，诗人感叹了人生的短暂、功名利禄的虚无，古往今来那些慷慨追逐的人，不都成了坟冢中的枯骨吗？只剩下山河依旧，平原茫茫。虽然诗人没有直接表达自己的志向，但从诗中可以看出他不慕荣华、坚持隐居的情怀。

送李中丞①之襄州

[唐] 刘长卿

流落征南将，曾驱十万师。

罢归无旧业，老去恋明时。

独立三边②静，轻生一剑知。

茫茫江汉上，日暮欲何之？

注 释

①中丞：官名，主要指御史台长官。②三边：唐时幽州、并州、凉州一带，这里泛指边疆。

译 文

这位漂泊失所的征南老将，当年也曾指挥过十万雄师。他罢职回乡后没有产业，到老年还想着效力朝廷。少壮时立下功勋要令边疆平静，为国家安定做出的贡献只有随身的佩剑知晓。汉江水渺渺茫茫，天已黄昏，白发老将要去向何方？

赏 析

李中丞不知何许人物，然观此诗所述，似是位久经沙场的老将。首联中，诗人以今昔对照，"流落"二字，形容李中丞今日境遇之惨，"征南将"则是对送别对象身份的说明。"曾驱"一语，则是李中丞当年叱咤风云、驰骋沙场的写照。颔联写李中丞罢归后的境况，而这无疑与当时黑暗的政治环境有关，诗人以"老去恋明时"含蓄委婉地点明。颈联则是对李中丞当年风范和忠君报国精神的概括："独立三边静"——李中丞当年身临边疆，胡虏闻风丧胆；"轻生一剑知"——驰骋沙场，报国忠君，除却手中之剑，今日恐怕再没人知晓了。诗人对李中丞的境遇极为同情，充满感慨，但那又能如何呢？尾联将诗人的无奈和李中丞的落寞表现得淋漓尽致。

此诗虽是送别，句句写李中丞，实则句句是诗人对自己境况的真实写照，以及自我情感的宣泄。

寄李儋①元锡

[唐] 韦应物

去年花里逢君别，今日花开已一年。
世事茫茫难自料，春愁黯黯②独成眠。
身多疾病思田里③，邑有流亡④愧俸钱⑤。
闻道欲来相问讯⑥，西楼望月几回圆。

注释

①李儋（dān）：字元锡，时任殿中侍御史，是韦应物的诗交好友。②黯（àn）黯：低沉暗淡。③思田里：想念田园乡里，即想

到归隐。④邑有流亡：指在自己管辖的地区内还有百姓流亡。⑤愧俸钱：感到惭愧的是自己食国家的俸禄，而没有把百姓安定下来。⑥问讯：探望。

🦋 译 文

去年花开时节与君分别，今日春花又开已是一年过去。世事茫茫不定，实在难以预料，春愁黯淡，让我在夜里孤枕难眠。身体多病的我想要归隐故乡，只是境内仍有灾民，使我觉得愧对朝廷发放的俸禄。听说你将要来这里探望我，我在西楼等待已看见了几次月圆。

🦋 赏 析

这首诗是韦应物晚年在滁州刺史任上所写。首联以花里分别起，以花开一年比衬，不仅显出时光飞逝，更流露出对分别后境况萧索的感慨。颔联写自己的烦恼苦闷。显然，"世事茫茫"不仅指国家的前途，也包含个人的前途。他作为朝廷任命的一个地方行政官员，到任一年了，眼前虽是美好的春天，但他心中只有忧愁苦闷，以致难以成眠。颈联具体写自己的思想矛盾，多病促使他想辞官归隐，但他看到百姓贫穷逃亡，又觉得自己未尽职责，于国于民都有愧，所以他不能一走了之。在这样进退两难的矛盾苦闷处境下，诗人十分需要友情的慰藉，因此尾联以感激朋友的问候和期盼他们来访作结。

这首诗真实地描绘出了一个清廉正直的地方官员矛盾的思想和有志无处施展的苦闷心情。

冬日登城楼有怀因赠程腾①

[唐] 卢纶

生涯何事多羁束，赖此登临畅心目。

郭南郭北无数山，万井逶迤②流水间。

弹琴对酒不知暮，岸帻③题诗身自闲。

风声肃肃④雁飞绝，云色茫茫欲成雪。

遥思海客天外归，坐想征人两头别。

世情多以风尘隔，泣尽无因画筹策⑤。

谁知白首窗下人，不接朱门坐中客。

贱亦不足叹，贵亦不足陈。

长卿未遇⑥杨朱泣⑦，蔡泽⑧无媒原宪贫⑨。

如今万乘方用武，国命天威借貔虎⑩。

穷达皆为身外名，公侯可废刀头取。

君不见汉家边将在边庭⑪，白羽⑫三千出井陉⑬。

当风看猎拥珠翠，岂在终年穷一经。

注释

①程腾：作者友人。②逶迤（wēi yí）：形容河流、道路等曲折的样子。③岸帻（zé）：古代男性将头巾堆起、露出前额。④肃肃：形容风声萧瑟。⑤筹策：古代的计算用具。⑥长卿未遇：司马相如，字长卿，他未被武帝赏识前家徒四壁。⑦杨朱泣：指杨朱在歧路悲泣，后常引作典故，用来表达对世道崎岖，担心误入

歧途的忧虑，或在歧路离别的感伤。⑧蔡泽：战国燕国纲成（今河北万全）人，曾周游列国学习并谋求官职，但未得用。⑨原宪贫：典出《庄子·让王》。原宪，孔子弟子，家贫但不愿迎合世俗去当官，后就用"原宪贫"形容贤士能安贫乐道，也作"原宪病"。⑩貔（pí）虎：比喻勇猛的军队。⑪边庭：边地。⑫白羽：借指士兵。⑬井陉（xíng）：即井陉口，又名井陉关，唐代的边关要塞。

译文

生活为何充满了拘束，登上高楼以疏解这郁闷的心情。城南城北有青山绵延，流水曲折蜿蜒绕过人家万户。弹琴饮酒间不觉天已黄昏，衣着简单的我心情悠闲地写着诗。风声萧瑟，大雁无踪影，天边茫茫，白云如雪。不由得想起有远行的人从海外归来，也有出征的人正在离别。世情如此，人们总是风尘相隔，为此感伤泪流的人难以计数。窗下的白发人无人知晓，众所皆知的是豪门宴席中的贵客。贫贱也无须慨叹，富贵也无须炫耀，长卿未遇时也曾贫贱，杨朱也曾在歧路哭泣，蔡泽也曾求官无门，原宪即使家贫也不迎合。如今皇帝重用武官，天威赫赫军队勇猛。穷达都是身外之物，公侯名利可在刀锋上取得。君不见汉家军将在边疆，三千白羽军从井陉关出征。军旗迎着风猎猎作响，军功就能换来珠翠，又何必长年捧着经书苦读。

赏析

卢纶于冬日登城楼时触景伤怀，思绪翻滚的他念及心中志向，写下了这首诗并赠予友人程腾共勉。

从内容和感情的表达上，诗歌可以分成三个层次。前六句写诗人心绪烦乱故而登上城楼以遣怀，而入目所见的是青山绿水、百姓安居的景象，的确令他郁闷稍减，于是弹琴、饮酒、作诗直至日暮。

然而，这些并没有让感觉"生涯多羁束"的诗人驱散心中的苦闷。因此接下来的八句里，黄昏时"风声肃肃雁飞绝，云色茫茫欲成雪"的萧瑟景象，令他的思绪再次延展开来。他望着天边的云色，想起了"海客天外归""征人两头别"，又由此想到了那些苦读的"白首窗下人"和那些"朱门坐中客"。

这两层内容是诗人在情感上的自然递进，更是为诗歌的主旨做铺垫，于是在诗歌的后半段，诗人酣畅淋漓地表达了自己的志向。"长卿未遇杨朱泣，蔡泽无媒原宪贫"，所有成功的人都曾经历过彷徨、穷困，自己又何必太消极呢？"如今万乘方用武"，自己应该抓住机遇、一展抱负才是。

下面诗词中，哪一句与"穷达皆为身外名"意韵相近？

□ A. 乱花渐欲迷人眼，浅草才能没马蹄。
□ B. 千锤万凿出深山，烈火焚烧若等闲。
□ C. 不受尘埃半点侵，竹篱茅舍自甘心。
□ D. 长风破浪会有时，直挂云帆济沧海。

诗词拾趣

登柳州①城楼寄漳②、汀③、封④、连⑤四州刺史

[唐] 柳宗元

城上高楼接大荒⑥，海天愁思⑦正茫茫。

惊风⑧乱飐⑨芙蓉⑩水，密雨斜侵薜荔墙。

岭树重遮千里目⑪，江流曲似九回肠⑫。

共来百粤文身地⑬，犹自音书滞⑭一乡！

注释

①柳州：今属广西。②漳：今福建漳州，刺史为韩泰。③汀：今福建长汀，刺史为韩晔。④封：今广东封开，刺史为陈谏。⑤连：今广东连州，刺史为刘禹锡。⑥大荒：旷野。⑦海天愁思：如海如天的忧愁。⑧惊风：狂风。⑨飐（zhǎn）：风吹使颤动。⑩芙蓉：荷花。⑪千里目：远望的视线。⑫九回肠：指愁肠百结。⑬百粤文身地：指五岭以南少数民族地区。文身，在身上刺绣花纹，是当时西南少数民族的习俗。⑭滞（zhì）：阻滞。

译文

登上柳州城的高楼眺望那旷野荒原，心中的愁思就像海天一样茫茫。猛烈的狂风吹乱了水上的荷花，暴雨斜斜拍打着爬满薜荔的土墙。崇山密林遮住了远望的视线，柳江曲折如那百结九转的愁肠。我们同时被贬到这荒蛮之地，如今音书不通，各自滞留一方。

赏析

　　柳宗元被贬远州司马十年，于唐元和十年（815）被召回长安，不久又被贬为柳州刺史。柳宗元初到任所，写下了这首诗，寄给与他一起被贬的朋友们。诗从"愁"字着笔，层层下翻。首联写登楼纵目，愁思深广，寄寓着对友人深切的怀念，点明题意。颔联写近看盛夏景物，有感于花草被风雨摧残，牵动愁肠。颈联写远景，岭树重遮，江流盘旋，更加深了诗人的愁怀。尾联感叹自己与朋友被远谪到这般荒蛮之地，本已够孤独寂寞了，连音讯都难以通达，这使诗人更添一重悲凉。全诗画面悲凉，感情深沉。

江楼①夕望招客

[唐] 白居易

海天东望夕茫茫，山势川形阔复长。
灯火万家城四畔②，星河一道水中央。
风吹古木晴天雨，月照平沙③夏夜霜。
能就④江楼消暑否？比君茅舍较清凉。

注释

　　①江楼：杭州城东楼，又被称为东楼、望海楼、望潮楼。

②四畔：四周。③平沙：广阔的沙原。④就：靠近。

译文

黄昏时在江楼上向东眺望，只见海天茫茫，山高水阔，气势壮观。城中万家灯火四面闪烁，一道银河倒映在江心。晴天时，风吹古树，瑟瑟作响如同雨声；夏夜里，月光洒满了平地好似秋霜。能否到江楼来消暑？这儿比起您的茅屋更为清凉。

赏析

唐长庆三年（823）夏季的一天，时任杭州刺史的白居易设宴招待朋友，于江楼上望见杭州城外的景色，一时诗兴大发，创作了这首七言律诗。

首联写诗人向远处眺望所看到的景色：彼时，暮色将尽，夜晚初临，海天相连，山川壮阔，呈现一片苍茫之感。

颔联中，诗人用"万家""星河"来形容灯火的数量之多和明亮程度，明面写景，实则从侧面体现了杭州城的繁华。

颈联可以说是全诗中最精彩的两句。诗人的用意，并不止步于以雨声形容树叶沙沙的动听，以霜的洁白来衬托月光的皎洁，他出其不意地用了"晴天雨""夏夜霜"这两个矛盾的比喻，为夏天的夜晚增添了一抹清凉。

尾联两句以含蓄的笔法写景，将镜头从城外远山到城内灯火再到楼外古树，一步步拉近到楼内，令自己和友人的形象自然而然地融入整首诗的画面中。

玉蝴蝶①·望处雨收云断

［宋］柳永

望处雨收云断，凭阑悄悄，目送秋光。晚景萧疏，堪动宋玉悲凉。水风轻、蘋花渐老，月露冷、梧叶飘黄。遣情伤。故人何在，烟水茫茫。

难忘。文期酒会，几孤风月，屡变星霜②。海阔山遥，未知何处是潇湘③！念双燕、难凭远信，指暮天、空识归航。黯相望。断鸿声里，立尽斜阳。

注释

①玉蝴蝶：词牌名，有小令、长调两体。小令始于温庭筠，长调始于柳永。②星霜：星一年一周转，霜每年而降，因称一年为一星霜。③潇湘：原是潇水和湘水的汇合地，后泛指所思之人居住地。

译文

雨停云散时，我倚着栏杆静静凝望，目送那秋色渐渐消逝。这清冷萧瑟的傍晚景色，真让人生起宋玉悲秋之叹。轻风拂过水面，白蘋渐渐衰残，凉月下的露水冷凝，梧桐树飘落下枯黄的叶片。此景令人伤情。故友不知在何方，眼前所见只有秋水如烟迷茫。

难以忘记，昔日里文人的酒会，分别后斗转星移，辜负了多少风月时光。山高海阔，遥遥万里，不知古人的居处在哪里？让人感到凄苦彷徨。想那双双飞去的燕子，难以靠它向远方传递书信，只有我在这黄昏时分，遥望天际，辨识着归来的航船。我默默伫立，黯然相望，在孤雁的哀鸣声中，直到斜阳已尽。

✎ 赏 析

这是词人怀念湘中友人的一首作品。词人在"雨收云断"之后独自凭栏远望，目睹着萧疏的晚景，他真切地感受到了当年宋玉在《九辩》中所描绘的悲秋之情。秋风荡涤着静静的水面，芦荻花随风摇曳，枯黄的梧桐叶在秋风中悄然落下，这一切都使诗人产生了凄清沉寂之感，并禁不住怀念起远方的故人来。"烟水茫茫"既以迷茫不尽的景色暗喻朋友的远离，又形象地道出怀念友人的茫然心态。"难忘"一语引出对往日交游欢会时的回忆。"几孤""屡变"是别后的惆怅，亦是对故人难聚的慨叹。"海阔"至"归航"又翻写佳期难遇、音讯无凭、误识归航的痴情，词人思念故人的情绪至此达到了最高潮。在断鸿的悲鸣声中，词人独自伫立在斜阳之下，把一个孤独、寂寞的背影留给了苍茫的大地。

◆◆◆ 诗词拾趣 ◆◆◆

在下面空白处填上合适的词语，补全诗句。

1. ☐ ☐ 渐宽终不悔，为伊消得人 ☐ ☐ 。

2. 多情自古伤 ☐ ☐ ，更那堪，☐ ☐ 清秋节。

3. 今宵酒醒 ☐ ☐ ，杨柳岸，晓风 ☐ ☐ 。

4. 烟柳画桥，☐ 帘翠幕，参差 ☐ ☐ 人家。

卜算子·旅雁^①向南飞

[宋]朱敦儒

旅雁向南飞,风雨群初失。饥渴辛勤两翅垂,独下寒汀立。

鸥鹭苦难亲,矰^②缴^③忧相逼。云海茫茫无处归,谁听哀鸣急!

🦋 注 释

①旅雁:征雁。这里比喻人们在战乱时纷纷逃向南方。②矰(zēng):系着丝绳的短箭。③缴(zhuó):系在短箭上的丝绳。

🦋 译 文

大雁向南飞去,风雨中,一只孤雁与雁群失散。因为饥渴劳累,它的双翅无力地垂下,只好独宿在冷落凄清的河中小洲。

沙鸥和白鹭的躲避已令它心苦,又要时刻担心被弓箭射杀。云海茫茫,它无处可去,谁又在乎这孤雁的声声哀鸣。

🦋 赏 析

北宋靖康元年(1126)冬,金兵进逼中原,古都洛阳不日即失陷,

朱敦儒只能远走他乡以躲避战祸，这首词便是他当时流亡生活最真实的写照。

上阕直入主题，描绘了旅雁失群后的孤凄、困顿、疲惫与饥寒交迫。其中，"风雨"实是象征战祸。失群之雁，既是诗人之自况，亦象征着所有背井离乡的难民。"寒汀"既言其物候之寒，亦是言自身处境之"寒"。

下阕写雁在流亡中的处境。鸥、鹭、雁本是同类，然而，在雁失群流离之时，鸥、鹭并没有怜惜它，反而"难亲"。更可悲的是，天空中还有"矰缴"想要取它性命。如是忧苦交集，"雁"忍不住仰天泣叹，诘问声声。

通观此词，处处言雁，实则处处言人，字里行间，有凄哀孤苦之情流溢，情真意切。

沁园春·孤鹤归飞

[宋] 陆游

孤鹤归飞，再过辽天^①，换尽旧人。念累累枯冢，茫茫梦境，王侯蝼蚁，毕竟成尘。载酒园林，寻花巷陌，当日何曾轻负春。流年改，叹围腰带剩，点鬓霜新。

交亲。散落如云。又岂料如今余此身。幸眼明身健，茶甘饭软，非惟我老，更有人贫。躲尽危机，消残壮志，短艇湖中闲采莼^②。吾何恨，有渔翁共醉，溪友为邻。

①孤鹤归飞，再
过辽天：典出《搜神后
记》："丁令威，本辽
东人，学道灵虚山。后
化鹤归辽，集城门华
表柱。" ②莼（chún）：
莼菜。

译 文

我如孤鹤般越过辽远的天空，归来故乡，却不见
昔日旧人。这一处处的荒凉坟墓，躺在其中的人啊，生
前有过多少美梦，而今无论是王公贵族还是
蝼蚁般的百姓，终究都化作了尘土。曾经
携带美酒在园林中欢游，也算没有辜
负那大好的春光和自己的青春年华。
年华如流水，可叹我现在已是身体瘦
弱，双鬓花白了。

亲友流落各地如云四散，哪里
能料到如今只剩我一人返回家乡。幸
好我现在眼睛还看得见，身体也还健康，品茶也能知道茶的甘甜，吃
饭也还能够嚼得烂。不只是我又老又贫困，还有许多人比我更甚。虽
侥幸躲过了种种危机，但壮志已经消残，现在回到家乡，能乘着小舟
在湖中悠闲地采摘莼菜。我还有什么遗憾呢？现在我与渔翁饮酒同醉，
与小溪旁的农民为邻。

🦋 赏析

写这首词时陆游已经五十三岁，作为一个人生失意、壮志未酬的落魄才子，阔别了家乡九年，面对自己曾经生活环境的变更，陆游又如何不大为感慨？

从词的第一句便可以看出，词人对这种变化极为敏感："我"这样一个如同孤鹤的人从外面归来，可旧人何在？旧景何有？词人内心明显是充满了哀伤与无奈的。他也突然了悟，原来不论是谁，不管其位多高，最终还是逃不过"枯冢"一处，尘土一抔（póu）。这是陆游人生之感悟，更是人存于世的哲理所在。因为这样的心情，词人才会于下阕生出聊以自慰的"吾何恨，有渔翁共醉，溪友为邻"之语。此句看似满意之叹，但这种无恨之宣言实际上恰恰将词人内心的无限恨意引了出来。

本词中虽多有旷达语，却弥漫着一种挥之不去的悲情。

下面哪句诗词是陆游的作品？

☐ A. 中年亲友难别，丝竹缓离愁。

☐ B. 昔别君未婚，儿女忽成行。

☐ C. 溪柴火软蛮毡暖，我与狸奴不出门。

☐ D. 舞榭歌台，风流总被雨打风吹去。

浣溪沙·消息谁传到拒霜①

［清］纳兰性德

消息谁传到拒霜？两行斜雁碧天长。晚秋风景倍凄凉。

银蒜押帘②人寂寂，玉钗敲竹信茫茫。黄花开也近重阳。

🦋 注 释

①拒霜：即木芙蓉花，因其仲秋时节开花而得名。
②押帘：装在帘子上以防风吹帘动的物件。

🦋 译 文

究竟是谁传来消息说木芙蓉花开时便可相聚？碧空中，两行大雁缓缓向南飞去，晚秋的风景显得那么凄凉。

蒜形的帘坠压着帘子，独坐闺中的人寂寞又消沉。她用玉钗轻轻敲着竹简，离人却音讯全无。眼看着菊花盛开，重阳节都已近了。

🦋 赏 析

宋代吴文英《唐多令·惜别》云"何处合成愁，离人心上秋"，纳兰性德的这首词颇得其中真味。

词作巧妙地以一句反问开篇，鲜明生动地传达出佳人又急又怨又失望的复杂心情。

而余下词句皆为表达这份幽情而作，中秋已过，晚秋将至，相约归来的离人却依然杳无音讯，能传达消息的鸿雁都南飞了。此时，佳人心中的孤寂幽怨，在词人笔下，已是无处不在，她痴痴地目送大雁在碧空中渐行渐远渐无踪，她眼前所见风景是一片凄凉，她独坐闺中，无聊地打量着那"银蒜押帘"，用手中发钗敲打竹简，似乎这样就能敲出离人的书信。末句一语双关，不仅写菊花盛开，重阳将至；更是化用李清照的词句，点出愁思满溢的佳人已是"人比黄花瘦"。

生馆死殡

清康熙十五年（1676），纳兰性德结识了江南才子顾贞观，两人相见恨晚，结为知己。顾贞观有位朋友，名为吴兆骞。清顺治十四年（1657），吴兆骞因为科场舞弊案而受牵连，蒙冤入狱，被发配至宁古塔。顾贞观为此一直日夜忧思，愁眉不展。

纳兰听说后，被他二人的友情所感动，便利用自己的人脉，把吴兆骞救了出来，还安排他到自己家中，教弟弟纳兰揆叙读书。三年后，吴兆骞在回家探亲途中病逝，纳兰还替他操办了后事。

纳兰为吴兆骞如此尽心尽力，后人大多都因此赞颂他仁厚，"生馆死殡"的故事也为后人津津乐道。

诗词拾趣

皇甫岳①云溪杂题五首·莲花坞②

[唐] 王维

日日采莲去，洲③长多暮归。
弄篙④莫溅水，畏湿红莲衣。

注释

①皇甫岳：皇甫恂之子。
②坞（wù）：指在水边建造的停船或修船造船的地方。
③洲：水中的陆地。④篙（gāo）：撑船用的工具。

译文

每一天都去采莲，因为洲长而常常晚归。撑篙时要小心别溅起水花，打湿了那亭亭莲叶。

赏析

王维在这组诗中以点绘面，描述了唐代繁盛时期乡野山间的美好景象，反映出当时百姓的生活状态。

这首五言短诗写采莲人，第一、二句总写他们每日辛勤劳作，撑船去采集莲子、莲藕等以维持生活，"洲长"点明所去之地离家远，"多暮归"则透露出采莲人早出晚归的辛苦。

然而，第三、四句为这种单调、苦累的生活注入了一股清新的活力。"弄篙莫溅水，畏湿红莲衣"，形象生动地写出了采莲人对莲花的喜爱与珍惜，及对生活的热爱。

送顾处士①歌

［唐］皎然

吴门②顾子予早闻，风貌真古谁似君。

人中黄宪③与颜子④，物表⑤孤高将片云。

性背时人高且逸，平生好古无俦匹⑥。

醉书在箧⑦称绝伦，神画开厨怕飞出。

谢氏檀郎⑧亦可俦，道情还似我家流。

安贫日日读书坐，不见将名干五侯⑨。

知君别业长洲外，欲行秋田循畎浍⑩。

门前便取觳觫⑪乘，腰上还将鹿卢佩。

禅子⑫有情非世情，御荇⑬贡馀聊赠行。

满道喧喧⑭遇君别，争窥⑮玉润与冰清。

注释

①顾处士：顾况，唐代著名诗人、画家。处士，指有才德而隐居不仕的人。②吴门：指苏州及其周边地区。③黄宪：东汉时期著名的贤士。④颜子：孔子的弟子颜回。⑤物表：世俗之外。⑥俦（chóu）匹：伴侣。⑦箧（qiè）：指类似于箱子的东西。⑧檀郎：古时对美男子的称呼。⑨五侯：原指公、侯、伯、子、男这五等诸侯，后泛指权贵。⑩畎浍（quǎn huì）：田间的水沟。⑪觳觫（hú sù）：害怕得发抖，指代牛车。⑫禅子：信佛的人、僧侣，这里是诗人称呼自己。⑬荈（chuǎn）：粗茶。⑭喧喧：形容声音喧闹。⑮窥（kuī）：观看。

译文

吴门顾子我早就听说了，有谁像他那样颇具古时风范。他是黄宪和颜回那样的人物，孤高脱俗如天边白云。其高洁飘逸异于当下的人，平生对古礼的尊崇无人可比。醉后书法绝伦，画技精妙。我这谢家檀郎或可与之为伴，其情志很像我这一类人。安于清贫，日日读书，无意于封侯入相夺取功名。他在长洲外有一处别墅，沿溪渠、过秋田方可到达。他乘坐着牛车意欲前往，他的腰上佩带着鹿卢剑。我虽非红尘之人但也有情，带上御茶贡馀去送行。谁知满道行人喧闹至极，大家争相来观看他的玉润冰清。

赏 析

皎然据说是谢灵运的十世孙，后出家为僧。其精通琴棋书画，且在文学、佛学、茶道等方面颇有造诣。皎然与顾况相交颇深，这首诗是他送给顾况的赠别之作。

从首句到"神画开厨怕飞出"，这八句极力赞美了顾况的人品与才学，皎然甚至用古代圣贤黄宪和颜回来与之相比，可见他对顾况的推崇。而"醉书在箧称绝伦，神画开厨怕飞出"两句，形象地写出了顾况在书画方面的成就。顾况在当时已是知名画家，据记载，他作画时总会先饮酒一番，再围着画布转圈，待兴起时便挥毫泼墨。

接下来的四句具有承上启下的作用，写两人志趣相投，均无意于功名利禄。后八句，皎然才写到这次送别的起因以及当时的场景。如果说前面的赞颂只是皎然的一家之言，尚不足以令人信服，结语"满道喧喧遇君别，争窥玉润与冰清"写送行之人竟达到满街喧闹的地步，则可见顾况是多么风采出众了。

下面诗句中，哪一句不是皎然所作？

□ A. 近种篱边菊，秋来未著花。
□ B. 明月松间照，清泉石上流。
□ C. 人生在世共如此，何异浮云与流水。
□ D. 西岭松声落日秋，千枝万叶风飕飕。

诗词拾趣

秋兴八首（其三）

[唐] 杜甫

千家山郭①静朝晖，日日江楼坐翠微。
信宿②渔人还泛泛，清秋燕子故飞飞。
匡衡③抗疏功名薄，刘向④传经心事违。
同学少年多不贱，五陵⑤衣马自轻肥⑥。

注释

①山郭：山城，指夔（kuí）州（今重庆奉节）。②信宿：再宿，两夜。③匡衡：字稚圭，经学家，西汉元帝时名臣，官至丞相。④刘向：字子政，西汉著名经学家、史学家、文学家。⑤五陵：汉代五个皇帝的陵墓，即长陵、安陵、阳陵、茂陵、平陵，皆在长安附近。后世用以代指豪贵子弟的聚居之处。⑥轻肥：轻裘肥马。《论语·雍也》："赤之适齐也，乘肥马，衣轻裘。"借指得志之态。

译文

山城里的千家万户静静沐浴着秋日的朝晖，我日日坐在江边的楼上，遥望对面青翠的山峰。夜里睡在船上的渔人，为了生活仍在江中泛着小舟，虽已时值清秋，燕子还在飞来飞去。汉朝的匡衡淡泊名利，敢于向皇帝直谏；刘向传授经学，奈何却事事不遂心意。年少时的同学大都已飞黄腾达了，他们在长安附近穿轻裘、乘肥马，过着富贵的生活。

赏 析

此诗作于杜甫失意寓居夔州期间。首联描绘山城清晨的宁静，突出的是"静""坐"二字，这也是诗人每日清晨的生活状态，看似清闲有致，却有一种沉废的索寞意味。

颔联写诗人每日伫倚江楼所见的"渔人"和"燕子"，虽然用"泛泛"与"飞飞"赋予了两者动态，但"信宿"和"故"字又反衬出在他人眼里的生机，投射进诗人失意落寞的内心，却只能徒然增加诗人的无限惆怅。

颈联用"匡衡抗疏"和"刘向传经"的典故来与自身不幸的经历对比，委婉地抒发了自己心中的愤懑。

尾联诗人感慨当初的同窗都已经显达富贵，反衬自己的处境，但从"多""自"二字可以看出，诗人并不羡慕，而是隐有鄙视之意。

诗词拾趣

从下面的词组中各选一个字，组成两句诗。

- 大江东去　碧水青山　鸟语花香　年逾古稀　白首不离

- 崇山峻岭　名垂青史　繁花似锦　欲速不达　燃眉之急

句1

句2

长安早春

［唐］孟郊

旭日朱楼①光，东风不惊尘。

公子醉未起，美人争探春②。

探春不为桑，探春不为麦。

日日出西园，只望花柳色。

乃知田家春，不入五侯宅③。

✎ 注 释

①朱楼：富丽华美的楼阁。②探春：唐代时称春游为"探春"。③五侯宅：泛指豪门权贵。

✎ 译 文

旭日东升照着朱楼，东风吹来，楼中洁净无尘。公子们仍酒醉未醒，小姐们相约出门去游春。她们游春不为看桑，也不为看麦，每日步出西园，只为了看那花容柳色。田家所关注的农事，和那些权贵豪门全然无关。

✎ 赏 析

这首古诗通过描写长安的豪门府第在早春时的生活，反映出豪门阶层与田家百姓于生活、思想上的不同，暗讽了封建贵族的腐化安逸。

前八句围绕着五侯宅第中公子、小姐的日常展开，他们居住在连春风都吹不起灰尘的朱楼里，男子天亮了仍宿醉不起，女子每日忙于精心装扮、相约游玩，而她们出游探春，只是观赏田园间的风光、郊野的花柳色。诗歌中，"探春不为桑，探春不为麦"两句点出豪门权贵对农事的毫不关心，而最后两句则直接用对比手法，突出"田家"与"五侯宅"的阶层区别。

诗歌语言浅白流畅，通俗易懂，"东风不惊尘"的"惊"字颇见诗人的炼字技巧，成为此诗的一抹亮色。

新竹

［唐］韩愈

笋添南阶竹，成清闷①。

缥节②已储霜，黄苞③犹掩翠。

出栏抽五六，当户罗三四。

高标陵秋严④，贞色夺春媚。

稀生巧补⑤林，并出疑争地。

纵横乍依行，烂熳忽无次。

风枝未飘吹，露粉先涵泪。

何人可携玩，清景空瞪视。

注释

①清闷（bì）：安静幽深。②缥（piǎo）节：青竹节。③苞：指笋壳。④秋严：秋霜。⑤补：装饰。

译文

南阶的竹林已新添了笋芽，一日日愈加清净幽邃。青青的竹节已储寒霜，黄色的芽苞含着翠绿。门户前、栏杆外，三五成行。在秋日的严寒中依旧高耸直立，在春日的妩媚中也不改其青青色泽。稀疏的几竿青竹巧添林间景致，一丛并出似在争抢土地。或纵横成行，或无次序地随意生长。风吹不弯它的枝干，历经数十年，直至花开露粉才含泪枯萎。有谁可对之亵玩？它只可用来观赏清幽的景致。

赏析

这首五言排律诗为咏春之作，通过竹发初春的生机来表现春意萌发的势不可当。从遣词用句来看，春于四季而言为首发之季，清新而稚嫩，恰好犹如这春发之新竹，绿、嫩、鲜、幼。诗中"烂熳忽无次"表现的是这种稚嫩之美。同时，"贞色夺春媚""并出疑争地"之语，更充满了童趣，将一幅春色之景描绘得活泼、自然、灵动。

叩齿

唐元和十四年（819），韩愈因事被贬为潮州刺史。一日，他上街闲逛，偶遇一位僧人。这位僧人身形魁梧、相貌凶恶，还是个龅牙。韩愈见了，心中很是不喜，甚至生出了将僧人的两颗龅牙敲掉的想法。

当天下午，韩愈回到衙门，门子说一位僧人送给他一个红布包。韩愈打开一看，布包里包着的竟是两颗牙齿，而且和闲逛时见到的那个僧人的龅牙一模一样。

韩愈赶忙令衙役将僧人请来。一番长谈后，他才知道这位僧人法号大颠，是潮州灵山寺的高僧，德高望重，学识渊博。韩愈深悔自己不该以貌取人，诚恳地向大颠道了歉，后来，两人成了知己。现在的潮州名胜叩齿庵就是为了纪念这段奇妙的友谊才修建的。

萧洒①桐庐②郡十绝（其二）

[宋] 范仲淹

萧洒桐庐郡，开轩③即解颜④。
劳生⑤一何⑥幸，日日面青山。

注 释

①萧洒：即潇洒，形容风景清丽优美，明朗自然。②桐庐：位于浙江杭州，境内有富春江。③开轩：开窗。④解颜：开颜而笑。⑤劳生：劳碌之身。⑥一何：多么。

译 文

桐庐郡的风景多么潇洒，开窗望去便使人忘却烦忧、开颜而笑。劳劳碌碌的我何其幸运啊，如今能日日面对这美丽的青山。

赏 析

北宋景祐元年（1034），范仲淹贬谪至睦州任知州，写下了这组《萧洒桐庐郡十绝》，表达了他暂忘官场烦忧、一心陶醉于眼前美景的怡然之情，此为其中第二首。

"萧洒桐庐郡"，诗人用"萧洒"一词概括桐庐县风景带给他的总体感受，用词可谓新颖，且这句诗在十首诗中皆为首句，起到了反复咏叹、加强抒情的效果。接下来，诗人用"开轩""劳生"两句抒写眼前风景带给他的愉悦，"开轩"有豁然开朗之意，"解颜"传达出欢喜愉悦，"一何幸"则是满足喟叹，情绪上层层递进，从侧面反映出桐庐的风景美不胜收。

最后，诗人才点明，令他的心激荡不已的原因是"日日面青山"。此句中，"日"字的叠用创造了诗歌韵律上的美感，也隐含着诗人因不必再终日面对那些朝堂争斗而产生的欢喜。

遇雪

［宋］王安石

定知①花发是归期，不奈②归心日日归。
风雪岂知行客③恨，向人更作落花飞。

📎 注释

①定知：料想的意思。②不奈：无奈，忍受不了。③行客：过客，这里指作者。

译文

料想花开时便是归期，归心难耐，日日盼归。风雪却不顾过客的心情，好似落花一样纷然洒落。

赏析

这是一首即景抒情小诗，抒写了诗人于归程中遭遇风雪的无奈之情。

首句点明归期，原是计划春暖花开时赶回。次句中的接连两个"归"字，起强调作用，突出诗人归心似箭的心情，反映了思念之深、之久。我们似乎能从中看到，诗人不顾旅途疲惫，匆匆赶路的身影。三、四句转写突然遇到风雪，不得不暂停行程，"风雪岂知"是将风雪拟人化，以风雪的无情对比行客的深情，而"岂知"二字对应"恨"，更体现出因风雪阻程而可能延迟归期的懊恼与烦躁。"向人更作落花飞"，既是摹写飞雪漫天的形态，又写出了诗人明知焦急无用，只得暂时放下心中急切，静静地欣赏眼前雪景的无奈。

诗词拾趣

在下面空白处填上合适的词语，补全诗词。

1. 忽如一夜 ☐☐ 来，千树万树 ☐☐ 开。

2. 孤舟 ☐☐ 翁，☐☐ 寒江雪。

3. 千里黄云白日 ☐，北风吹雁雪 ☐☐ 。

4. 北国风光，☐☐ 冰封，万里雪 ☐ 。

卜算子·我住长江头①

[宋] 李之仪

我住长江头，君住长江尾②。日日思君不见君，共饮长江水。

此水几时休，此恨何时已③。只愿君心似我心，定不负相思意。

注释

①长江头：泛指长江上游。②长江尾：泛指长江下游。③已：停止。

译文

我住在长江的上游，你住在长江的下游。日日思念你却见不到你，我们共饮这长江的水。

这江水何时会断流，这离恨何时能停止。只愿你的心与我的心一样，不辜负这浓浓的相思意。

赏析

这首词是李之仪的代表作品，全篇以一个女子的口吻抒写了对恋人的思念之情。

上阕体现了中国传统"平允中和""含蓄蕴藉"的美学风格。在写法上，围绕"长江"展开叙述，开头由长江起兴，写女子与恋人分离、对恋人的思念，最后又回到"长江"上来。下阕则由长流不息的江水引出绵绵不断的相思，体现了女子对爱情的忠贞和执着。

全词深得民间词与乐府词的神韵风格，既通俗平易，又深挚委婉，简约含蓄。

秋雨书感

［宋］陆游

新舂①赤米②摘青蔬，一饱从来不愿余。
门外久无温卷③客，架中宁有热官④书？
浊醪⑤未废⑥时时啜⑦，短发犹须日日梳。
自笑少年风味在，满川烟雨正愁予⑧！

注释

①舂（chōng）：指把东西的皮壳捣掉。②赤米：也作红米、桃花米，一种劣质粗粮。③温卷：唐代科举考试时，士子把所作诗文投给名公巨卿的行为，称为"行卷"，逾日又投则称为"温卷"。④热官：指权势显赫的官吏。⑤浊醪（láo）：浊酒。⑥废：停止。⑦啜（chuò）：饮。⑧予：同"余"，指我。

译文

新捣的劣质红米伴着青菜就是一日三餐，却也从来难以饱腹。已是很久没有士子投来温卷诗文了，架子上也没有热官的书信。浊酒难停仍然时时啜饮，稀疏短发也依旧日日梳理整齐。不由得笑自己居然还留有少年意气，笑完后只觉满川烟雨都是忧愁。

赏析

陆游在这首诗中记述了自己当时的生活状态，抒发了他贫居山村、志向难伸的苦闷和忧愁。

赤米配青蔬的食物本已十分简陋，却是连"一饱"也不能够，可见其日子清贫；闲居已久，从前士子们投来诗文"温卷"，"热官"们频频书信往来的热闹已不再，可见其仕途受挫、抱负再难施展；"浊醪未废时时啜"是借酒消愁愁更愁，"短发犹须日日梳"表明诗人依然心怀期望、整装待发。结尾两句直接抒情，一声"自笑"笑中有泪，一声长叹愁了满川烟雨，怎不令人随之敛眉！

诗词拾趣

请根据下面提供的字，写出两句诗。

句1

句2

江城子·画楼帘幕卷新晴

[宋] 卢祖皋

画楼帘幕卷新晴。掩银屏，晓寒轻。坠粉飘香，日日唤愁生。暗数十年湖上路，能几度，著娉婷①？

年华空自感飘零。拥春酲②，对谁醒？天阔云闲，无处觅箫声。载酒买花年少事，浑不似，旧心情。

注释

①娉婷（pīng tíng）：姿态美好，此处比喻青春年华。②酲（chéng）：醉酒。

译文

画楼上卷起帘子，眼前渐渐呈现雨过天晴的美景。我收起银白色的屏风迎接这新晴，却感到清晨时分那轻淡的寒意。坠落的花瓣飘散着清香，天天都唤起我的愁思。暗暗回忆着多年来往返于西湖上，又有几次能与佳人共度良辰？

年华虚度，辗转飘零，终日在酒中流连光景，醒时身边又有谁在？辽阔天地间，已无处寻觅当年的箫声。纵然也如年轻时那样买花携酒，却已经不是当时的心情。

赏析

这是一首惆怅抒情之作，词人即景抒情，伤春嗟老，抒发身世飘零的感慨。上阕言居楼赏新晴，早春清晨，还有一丝微寒，唤起人的愁绪。"十年湖上路"，则是愁的根源。

簪菊①

[清] 曹雪芹

瓶供篱栽日日忙，折来休认镜中妆。

长安公子②因花癖，彭泽先生③是酒狂。

短鬓冷沾三径露④，葛巾香染九秋霜⑤。

高情不入时人眼，拍手凭他笑路旁。

注释

①簪（zān）菊：将菊花插于头上作为发簪，是古代的一种风俗。②长安公子：疑指唐代诗人杜牧，杜牧是京兆（长安）人。③彭泽先生：指陶渊明。陶渊明爱菊、喜酒，曾任彭泽令。④三径露：这里指代菊。三径，指归隐者的家园或院中小路。⑤九秋霜：亦指代菊。九秋，古时常称秋天为三秋、九秋。

译文

日日忙于将菊花插在瓶中、栽在篱笆旁，今日折来为簪，可别误会是女子对镜梳妆。这行为就如同长安公子爱花成癖、彭泽先生嗜酒成狂一样风雅。且看那鬓发还沾着菊花的露水，头上的布巾也被那香气浸染。世俗之人不能理解如此高雅的簪菊也没关系，任由路旁的人拍手取笑，我自逍遥。

赏析

这首诗选自曹雪芹的长篇小说《红楼梦》，是书中人物贾探春所

作。书中所作诗歌均反映出人物的性格、志趣，此诗也是如此，读者可以从中看出贾探春的清高不流俗。

　　该诗起首两句点出簪菊的目的，不是女子因为爱美才对镜梳妆，而是与插菊于花瓶中、种菊于花圃中一样，源于对菊花的喜爱。颔联借用长安公子杜牧爱菊、彭泽先生陶渊明嗜酒的典故，表明簪菊这一行为和古时高才隐士的癖好一样高雅脱俗。颈联两句则进一步形象地说明了簪菊是极具浪漫情趣之事，而短鬓、葛巾本是男子的装束，这里既是呼应前文的"休认镜中妆"，更是点出探春巾帼不让须眉的精明干练及内心不愿输于男儿的人物性格。最后，作者在诗中代探春言志抒怀，表明无论时俗如何、世情怎样，纵然被他人嘲笑，洁身自好、绝不随波逐流的清高态度。

画中诗，诗里画

诗中有画，画里藏诗。考眼力的时候到了，你能根据提示的关键字，写出藏在图画里面的三联古诗词吗？

飞

开

斗

3. 雁

4. 鸟

诗词拾趣

P34

句1：山重水复疑无路

句2：柳暗花明又一村

年年

P36

P3

A

句1：花有重开日

句2：人无再少年

沉沉

P13

P42

句1：红颜未老恩先断

1. 月落　对愁

句2：斜倚熏笼坐到明

2 贾亭　云脚

3. 清浅　暗香

P19

4. 高　万条

1. 七八　雨山

2. 阑珊

P52

3. 看剑　梦回

C

4. 低小　青青

P54

句1：金风玉露一相逢

匆匆

句2：便胜却人间无数

P30

P59

1. 三分　一段

句1：故人西辞黄鹤楼

2. 数枝　独自

句2：烟花三月下扬州

茫 茫

P69

C

P74

1. 衣带　憔悴
2. 离别　冷落
3. 何处　残月
4. 风　十万

P78

C

日 日

P84

B

P86

句1：江碧鸟逾白
句2：山青花欲燃

P93

1. 春风　梨花
2. 蓑笠　独钓
3. 曛　纷纷
4. 千里　飘

P96

句1：小楼一夜听春雨
句2：深巷明朝卖杏花

画中诗，诗里画

P60

忆：小院黄昏人忆别。

断：夕阳西下，
　　断肠人在天涯。

衣：慈母手中线，
　　游子身上衣。

P100

飞：草长莺飞二月天，
　　拂堤杨柳醉春烟。

开：人间四月芳菲尽，
　　山寺桃花始盛开。

斗：青枝满地花狼藉，
　　知是儿孙斗草来。

选题策划：陈丽辉

文稿整理：木　梓　张丽莹
　　　　　高　美　林文超
　　　　　吴　峰　袁子峰
　　　　　邓　婧　李旻璇

特约编辑：卢雅凝

版式设计：段　瑶

排版制作：苟雪梅

封面绘制：厚　闲

插图绘制：深圳画意文化